新しい恋愛

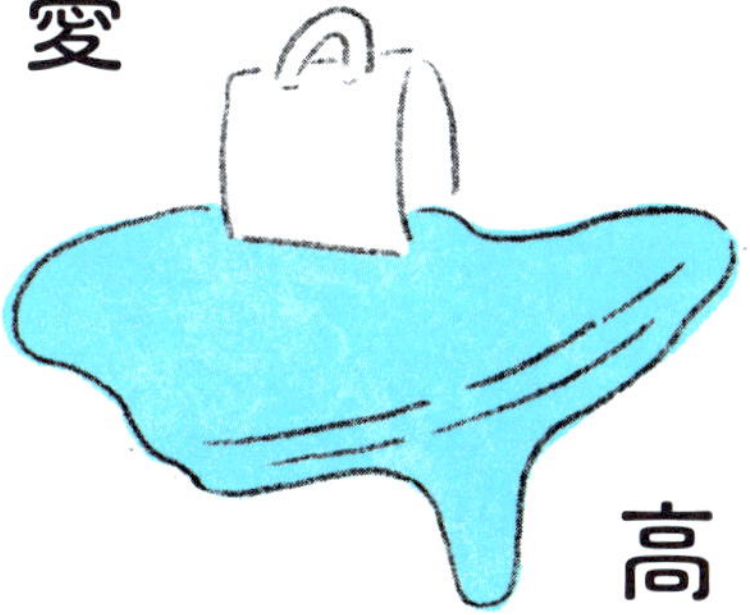

高瀬隼子

講談社

目次

新しい恋愛

花束の夜

水本《みずもと》は、毎度そうしているように、誰も忘れ物をしていないか確認する係を担って最後に店を出るつもりでいた。貸し切りで使っていた座敷で、皿を重ねてテーブルの端に寄せ、中身が中途半端に残ったビールジョッキの陰や掘りごたつの座布団の下に、タバコやスマホが落ちていないか見てまわっていると、

「なにやってんの水本、エレベーター来るぞ！」

と怒鳴られるようにして呼ばれ、慌てて靴を履く。会計をしている幹事の先輩社員に会釈しつつ後ろを通って店の外に出た。エレベーターホールと呼ぶには狭すぎる通路に、三十人弱の同僚が所狭しと立っている。水本を大声で呼びつけたのは恰幅のいい上司で、エレベーターの開くボタンを押したまま、中で手招きしている。ぎりぎり一人分のスペースが空いている。周りに「すみませんっ」と声をかけ頭を下げながら飛び乗るなり、扉が閉まった。上司は、

「今日の主役は倉岡《くらおか》なんだから、後輩のお前が最後まで見てなきゃ駄目だろうが」

とたまにしか会わない親戚のおじさんが「お袋さんを大事にしろよ」と酒を飲みつつ訳知り顔で絡んできた時に似た口調で、気持ちよさそうに注意した。はい、と水本は答え、隣の倉岡が両手で抱える花束に触れてしまわないよう、肩をきゅっと寄せて体を縮めた。

古い雑居ビルのエレベーターは小さく、一度に五人しか乗ることができない。エアコンの代わりに頭上に大きなプロペラの扇風機があり、密集した人間の頭の先へ強風を吹きかけていた。「変なエレベーター」と、一人がささやき、同乗する他の者が同意するように笑った。笑った勢いなのか、半袖のブラウスから伸びた水本の腕に倉岡が触れた。頭を動かさずに横目で見る。倉岡は花束を抱える手から人差し指だけを伸ばし、じりじりと舐めるように滑らせた。酔いのまわった顔でにやついている。エレベーターが止まるまで預けたままにされたその指が、こもった熱気の中で特別に熱い。

エレベーターを降りた者たちは、ビルの前の道で緩やかな輪になり溜《た》まっていく。職場から一駅の場所にあるこの店に水本は初めて来たが、これまでにも何度か歓送迎会で使ったことがあるらしく、みんな慣れた様子だった。

一度に五人しか乗れないんじゃ全員が降りてくるのに六往復はかかるな、と見ていると、管理職の男女が二人きりでエレベーターから出てきた。不倫の噂があるのによくやる、と思うがああいうことを平気でするからそんな噂が立つのだろう。その次のエレベーターにも三人しか乗っていなかった。会計が、トイレが、と上の階でもたついている様子が容易に想像できる。どうやら、五人きっちり詰めて乗ったのは、水本たち一陣目だけのようだ。

これは六往復どころではないなとうんざりするが、全員揃う前に帰るわけにはいかない。店から全員が出たらその日の主役を囲み、部長の音頭で一本締めをしてから解散する、そういうことになっているのだ。ということを四か月前の新入社員歓迎会で知り、なにそれ変なの、と水本はその時は確かに思ったのだけれど、その後も大小繰り返される職場の飲み会を経験し、今では当たり前のように夏の路上で汗を流してその時を待っている。スカートをめくれない程度に揺らして中に風を通そうとしてみたが、あまり意味はなかった。とっくに夜だというのに、道のアスファルトからは日中に溜めた熱気が上がってきている。蒸されるなあ、と誰かが言い、蒸すといやぁさっきの小籠包うまかったな、と誰かが適当に流した。夏ってこんなにめんどうくさかっただろうか。汗をびっしょり、かいている。

一本締めや、主役の先輩社員に付き従う後輩の立ち回りなど、社会人になってから知る謎のルールが一つ一つ蓄積されていく度、急加速で定型の大人に完成していくようにな感覚がある。不快ではなかった。定型の大人になれば、信用されて、安定して働き続けられ、固定収入も得られる。わざわざ型から外れた変わり者として生きていきたくはない。社内不倫とかも多分、定型の大人の行動の一種だ、と先ほどエレベーターから降りてきた噂の不倫管理職カップルを見つめて思う。ひそひそ噂の的にはなるが、仕事さえきっちりこなしていれば、それ以上の問題になるわけではない。傷つく人や害を被る人が、各家庭にはいるのだろうけれど、職場の中にはいない。それでも事態が発覚すれば慰謝料とか部署異動とか、ペナルティがある。不倫ではない浮気にはそれすらない。ましてや相手が社外にいる場合は、社内で目くじらを立てられることもない。

結局、たっぷり十三往復は待った。最後のエレベーターから降りてきた幹事役に「それではお願いします」と声をかけられた部長が、絵に描いたような赤ら顔にうろんな目つきで、「はい、はいよっと」と輪の中心へ進み、それに合わせて道のほうぼうへ散らばっていた社員たちも一つ所に集まってきた。

「それではお手を拝借。倉岡くんの前途を祝し、一本締めで終えたいと思います。よおっ！」

パンッ、と水っぽく重たい音が重なり、ぱちぱちぱち……と拍手に変わってから消えた。ようやく帰れる、と並んだ顔のうちのいくつかが正直に言っている。水本の隣に立つ倉岡のところへ、「じゃあな、元気でな」「また連絡ちょうだいよ。飲みに行こうね」と代わる代わる声をかけ、その肩を叩いた手を振って、駅に向かってばらばらと歩き出す。倉岡はこの近くに住んでいると知られているので、駅へ連れ立って歩く人はいない。

水本は倉岡の脇に立って輪から人が減っていくのを見守っていた。「今日の主役は倉岡なんだから、後輩のお前が最後まで見てなきゃ駄目だろうが」という上司の言葉を真面目に守っていたのだけれど、それを口にした上司自身も「じゃあな、まじでな、がんばれよな」と倉岡に言い残して去って行った。

二次会へ移動するという数人から「ほんとに来ないの」と尋ねられ、倉岡が「明日朝早いって言ってるじゃん」と軽く返している。向こうも無理に誘う気はないらしく「おまえの送別会なのにさー」と口を尖らせているが、その口調は明るい。倉岡が帰るのなら自分も付き合わなくていいだろう、と水本も息を吐く。二次会組が手を振って居酒屋やカラオケが並ぶ通りの方へ歩き去ると、その場に残ったのは水本と倉岡の二人だけになった。

誘われるのを待つべきか、自分から誘うべきか、どっちがいいだろうか、と水本が思案していると、倉岡がくるりと体ごと向き直った。送別会の間中笑顔をキープしていた先輩社員の顔は少し疲れて見えたが、水本がそう受け取りたいだけなのかもしれない。

水本がなにかを言う前に、倉岡が手を動かした。

「これいらねえから」

顔の前に突き出されたのは花束だった。

水本はそれを両手で受け取った。匂いが咲く。アルコールで満たされた体に、濃くて甘い花の香りは疎ましくて、思わず息を止めた。顔からなるべく花を遠ざけて持つ。いっそ手を下ろしてしまいたかったが、先輩の前でそれは失礼だと思ってできなかった。

でもそうか、この人は明日からもう先輩ではなくなるのだ。

「えっ、でもこれ、いらないって、でも」

慌てる水本に倉岡がふっと笑って、

「気ぃつけて帰れよ」

と、両手のふさがった水本の頭をいつもそうしているようにぽんっとさわり、駅とは反対の方向へ歩いて行く。倉岡のマンションがその先にあることを、水本は知っている。今日も泊まることになると思っていたが、違うようだ。倉岡の背中に「お疲れさまです！」と声をかけた。倉岡が振り返って手を挙げるのを見届けて、水本も駅に向かって歩き始める。

花束は見た目よりも重たかった。水っぽい重量感と併せて、花びらが空気を掻く抵抗感もある。送別会では花束を渡す。このルールも、働き始めてから知った。テレビドラマみたい、と具体的な記憶はないままイメージを持つ。水本の両親は定年までまだあるし、転職したこともない。そのほか身近な人で仕事を辞めたり変えたりした人もいなかったので、水本にとってはこれが初めて手に持つ「退職の花束」だった。

ひまわり以外に名前が分かる花や葉っぱは見当たらないけれど、黄色と緑と白の彩りが夏らしくて爽やかだった。ひまわりの他に大きな花は、白いつるりとした花びらのものだけで、隙間を埋めるように、つぶつぶした緑色の小花や大きさも形もばらばらの葉っぱがバランスよく集められ、オレンジと濃いグレーの包装紙と、同色のリボンが巻かれていた。

持ち帰り用の花屋の紙袋があったはずだが、倉岡は持っていなかったようだ。幹事が渡し忘れたのかもしれない。一抱えもある大きさだが、持ち手が紙で厚く包まれているため、片手でも持ちやすい。持って歩けなくはない、けれどこのまま電車に乗ったら目立つ。水本が一人暮らしをするマンションはここから四駅で、乗車時間は十分ほどかかる。朝までの満員電車ではないはずだが混み合ってはいる。この花束を袋にも入れずに持ち込むのは迷惑だろう。

歩いて帰ると一時間近くかかるし、押し付けられた花束のためにタクシーに乗るのも釈然としない。それに、そうだ、そもそもうちには花瓶がない。

倉岡は水本の指導係だった。新卒で入社した四月以降、毎日行動を共にした。初日に同じ部署の何人かで飲みに行き、その後は二人で酒を飲むこともあったけれど、あくまで仕事帰りの先輩と後輩が晩飯代わりにふらっと居酒屋へ立ち寄るだけのことだった。実際、初めて寝た日は酒を飲んでいない。夕方から取引先に二人で出かけ、用事が中途半端に早く終わったので社に戻ろうとすると、「ばかだな。あと一時間くらいこのへんで時間潰して、それから終了報告の電話したらいいんだって」と倉岡が呆れた顔をした。「サボり方も覚えていかないとだぞ」と言われたものの、それはまだゴールデンウィークが明けたばかりの五月のことで、入社して一か月半も経っていない新人がサボりを覚えるには早すぎるのでは、と三年先に入社した先輩社員に反発してみると、倉岡はおもしろがるように、

「でも今のうちに、そういうのも覚えてもらわないと。おれ、後三か月で辞めるから」

と言い放った。水本は絶句して倉岡の顔をまじまじと見つめた。

「だから今うちの部署人員プラス一なんだって。三月末に誰も出てないのに、水本が新

人で入ってるでしょ。おれが辞めるからその引継ぎ含めてるんだよ。いや、ごめん、言ってなくて」

倉岡が一転して申し訳なさそうな、労わるような優しい口調になったので、水本はそれがほんとうのことなのだ、と呑み込んだ。入社したばかりなのに、指導係の先輩社員が後三か月で辞めるという。まだ電話一つ、訪問一つ、それにかかわる資料作り一つ、なにも自分一人ではこなせないのに、後三か月、夏までに独り立ちしなければならないのだ。

唐突に知らされた退職の衝撃と、ぐっと迫ってきた不安で目が潤み、まずいと思いすぐに目を逸らしたが倉岡は気付いたようだった。ごめんな、と伸ばされた手が水本の頭をなで、肩をなで、背中にまわされ、体を引き寄せられた。職場の先輩に抱きしめられているな、と妙に冷静に考えていると涙が引っ込んだ。言い方は雑なところがあるけれど、初日から自分に付きっ切りで仕事の基礎を教えてくれた先輩。ほんとうに基礎からだ。パソコンからプリンターに印刷データを送る設定や、共有フォルダのショートカットの置き方、課長の機嫌が悪くなる会議の時間、早めに覚えておいた方がいい他部署の上司の名前も。

水本を置いて先に帰ることはなかったし、うまくいかなくても根気よく繰り返し教えてくれた。トラブル対応を毅然とこなす姿をかっこいいと思ったし、二人になった時にこぼす上司の愚痴で互いの距離が近くなった感覚もあった。多分、自分はこの人を好きなのだろうとうっすら自覚した。同じように、好きだけどそれは毎日同じ場所で同じ業務にあたっている信頼と距離の近さに、年齢相応の性欲が重ねられた程度のものだろうという生真面目な自己分析も捗った。

でもそれがなんだというんだろう。水本を抱き寄せていた手が、その背中を押して歩くように促した。並んで歩き始めると、手をつながれた。導かれるように付いて行き、倉岡のマンションへ入った。

初めの一回が済んでしまえば、二回目以降のハードルはあってないようなものだった。残業して二人で同時に職場を出る日はそれまでにもしょっちゅうあったから周囲の目も気にならなかったし、疲れて寝るばかりだった休みの日も、呼ばれればすぐに駆けつけた。ゴールデンウィーク明けに旅行先のおみやげを配り合う最中、箱根温泉みやげのまんじゅうを配る倉岡に「彼女とだろ。いーよなー」と同僚が声をかけていたので、わざわざ尋ねなかったけれど恋人がいるのは知っていた。別にどうでもよかった。「働き始めて知ったけど、まじで、びっくりするほど浮気とか不倫とかしてる人多いよ」と半笑いで教えてくれたのは中学からの友だちだった。「大人の正体っていう感じ」

水本は大学に一浪して入ったので、同級生たちは一年前から社会人をしている。話を聞いていると、どこのどんな仕事もそれぞれ大変そうだった。職種によって雰囲気も大変さの種類や傾向も分かれていたけれど、どの会社でも決まって「うちも不倫してる人いた」という話はあった。不倫って、学生時代までは、芸能人やスポーツ選手が週刊誌に発見されて一部の人たちからぼろくそに叩かれるもの、という認識しかなかったけれど、そろりと一歩社会に出て組織に所属してみると、呆れるほどそこらに転がっている事実でしかなかった。こんなのいちいち拾って叩いていたらキリがないと思えるほどに。

倉岡は結婚しているわけではない。恋人はいるようだが、面と向かってそう教えられたわけではないし、なにより後三か月でいなくなることが決まっている人だった。この関係も三か月の期間限定なのだろう、というのもなんとなく理解していた。そんなふうに期限が決まった関係性を持つのは初めてのことなのに、慣れた顔で呑み込んでいる自分が水本はおかしかった。倉岡のマンションに通うようになっても、倉岡は職場でそう呼ぶように「水本」と名字で呼んでいたし、水本もまた「倉岡さん」以外の呼び方をするつもりはなく、敬語もそのままだった。

とにかく花瓶を探そう、と決めた。

スマホを見るともう二十二時をまわっている。歩いて行ける距離にあるホームセンターや百円ショップは閉まっている。東京都内とはいえ、新宿や渋谷や池袋といった繁華街ではないこの辺りでは、この時間に開いているのは酒類を出す飲食店かコンビニくらいしかなく、コンビニで花瓶を見かけたことはない。

水本はとりあえず駅の方向に向かって歩き始めた。店が開いているとしたら駅の周辺だろう。歩みに合わせて花束が揺れ、濃い匂いが漂う。草っぱらみたいに青い。ひまわりというのは、こういう匂いがする花だっただろうか。小学生の時に学校でひまわりを育てていた。たたみ一畳分くらいの広さの花壇いっぱいに咲いたひまわりを、六年間毎年見ていたはずなのに、その匂いは思い出せないし、今顔の前に香っているこれが、それと同じかも分からない。花の匂いに、自分の汗の匂いも混じっている。ぽたぽた垂れる汗よりも、下着に染み込んだ汗の方がぐんっと濃く感じられるのはなぜだろう。肩の後ろ側でブラウスが肌に張り付いているのが気持ち悪い。はぎ取りたいが、花束が邪魔で腕を後ろに回せない。

カラオケ店の前を通る時、心なしか早足になった。二次会組はここにいるかもしれないし、二軒目は別の店でまた酒を飲んで、三次会でカラオケにやって来るかもしれない。見つかったら巻き込まれるかもしれず、「その花束、もらったの？」と聞かれても面倒だ。

この花束は、もらったのだろうか。

ふと考える。自分は花束をもらったのだろうか。では、倉岡は花束をくれたのだろうか。そういう感じじゃなかったように思う。「これいらねえから」は、照れ隠しでも方便でもないただの事実で、いらねえから、一番近くにいた水本に押し付けた。それはあの瞬間に決めたことではなくて、花束をもらった時から考えていたことかもしれないし、それよりも前、そもそもうちの社の送別会では必ず花束を渡す慣習があると知っていただろうから、送別会が設定された時に、いや、退職を決めた時にはもう、この花束がこうして存在することは決定していた。それが「いらねえ」ことも。誰かに押し付けることも。その行先が多分、一番身近な後輩である水本になることも。

通りがかりにあったコンビニに入る。よく冷えた店内の空気に体の表面が一気に冷やされ、汗がみるみるひいていく。肘の内側に溜まった汗を、手の甲でこすって伸ばす。レジに立つ店員が、大きな花束に視線を投げかけたのが分かった。店内をざっと見てまわるが、花瓶はないし、花瓶の代わりになりそうなものも見当たらない。二リットルペットボトルの中身を捨て、上部を切り取って口を広げれば入るだろうか。冷蔵庫に並んだ二リットルペットボトル飲料に花束をあてて目測する。一抱えもある花束だ。重量に耐え切れず倒れるような気がする。もうすこし幅が広い容器がいいだろう。そもそも水本のうちには、工作用のハサミはないから、二リットルペットボトルを切るのも難しいかもしれない。

大きなペットボトルの代わりに、小さなペットボトルの水を買った。レジに立つ短髪の男性は若くて、まだ十代に見えた。大学生の間は十九歳も二十二歳も同じに見えたが、働き始めてから急に、十九歳は十代に、二十二歳は二十代に、見分けられるようになった。お釣りを渡される時にぼそりと「おめでとうございます」と言われた。えっ、と声が出そうになったのを喉で止めて、花束を持っているもんな、と納得して「あー、ありがとうございます」と返す。少し微笑みもする。

コンビニを出て水を一口飲み、鞄にしまう。冷えた体があたたまり、すぐに熱を蓄え始めた。こんなに汗をかいているのだから、水ではなくポカリスエットにすればよかったかもしれない。

そういえば職場の自動販売機にポカリスエットは入っていない。アクエリアスはあった。冷房がよくきいているオフィスでスポーツ飲料は人気がなく、水やコーヒーや他の清涼飲料水ほどは売れない。でも倉岡はアクエリアスが好きだ。小学生の時から大学を卒業するまでずっと野球をしていて、練習の日は必ずスポーツ飲料を飲んでいたから、体に染みついているこの味がないと落ち着かないのだと言っていた。

「水本は何部だったの」

中学は剣道部で、高校は茶道部、大学では着物サークルに入っていたと答えると、倉岡は「へー！」と一旦は感心したように声をあげたものの、「いいじゃん」と薄情ににやついただけで、それ以上に話が広がることはなかった。着物サークルってなにするの。着付けを習って、自分だけじゃなくて人に着せてあげられるように練習したり、お祭りや年中行事に着物で参加したり、そういう、着物文化を広げていこうっていう感じの活動で。ふーん、女の子って感じだな。——なされなかった会話を頭の中で繰り広げてみる。

倉岡は尋ねなくても自分から話をしてくれるので楽だった。小学生の時に地元のソフトボールチームに入り、中学は部活ではなく硬式野球のリトルシニアチームでプレイし、高校では甲子園に出たくて部活に入ったこと、高三最後の大会で後一勝すれば甲子園に行けたこと、スポーツ推薦で埼玉にある私立大学に進学し、学生寮に入り野球漬けの毎日を過ごしたこと、チームメイトから二人もプロ野球選手になった人がいること、自分もプロを目指したが大学三年の半ばには限界が見えて就活を始めたこと。

「まじで野球しかしてこなかったけど、人と話すの好きだし、体力あるし、勉強はまあこれから頑張るけど、就活乗り切れたのも野球で培ったファイトのおかげだったし、よかったわ、まじで」

出会ったばかりの四月に、居酒屋で顔色一つ変えずに四杯目の生ビール中ジョッキを飲み干してそう言い放った倉岡は、野球の先輩の店で働くために退職することを決めた。

「二年上のまじで世話になった先輩に、頼むって頭下げられちゃったら、断れないっすよね」

倉岡の退職が部内全員に知れ渡った後、上司にそんなふうに話していた。

「プロいった人で、岸野さんって知ってます？　そー！　あの岸野！　一昨年から故障で出てなかったじゃないすか。親父さんが地元で居酒屋やってんですけど、そこを継いででかくするって話です。元プロが接客するんすから、野球ファンみんな来るでしょ。そうじゃなくても甲子園出てたし、地元のヒーローですからね」

水本は岸野という野球選手を知らなかったので、トイレに立った時にスマホで検索した。確かに有名人のようで、たくさんの画像やニュースが出てきた。画像の中には大学時代の集合写真もあったので、倉岡が写っていないかと拡大して探したが、見つけられなかった。
円満退職だね、と誰かが言った。前向きな退職。やりたい道に進むんだからよかった。応援してるよ。明るい笑顔がたくさん。今日の送別会中も、水本は女子トイレの鏡の前で鼻の頭にファンデーションを塗り直す中堅社員二人が、「年次上がる前に辞めたのは良かったよね」「元気だしいい子だけど、若い間に活躍する現場のソルジャーって感じでしょ。主任とかマネージャーとか、それこそいつか部長とかになってる姿って想像できないもんね。元プロがやる居酒屋の方が、絶対活躍できると思う」と話しているのを聞いた。その女性二人は、飲み会だからといっていつもより綺麗《きれい》な服を着てくることはなくて、普段どおり清潔な無地のブラウスに七分丈のパンツを穿いていた。下ろし立てのスカートのきれいすぎるプリーツを気にしながら、水本が二人より先に座敷に戻ると、みんなに囲まれた倉岡が、「九州遊びに来る時は、絶対寄ってくださいよ!」と快活に笑っていた。

駅前に着いてしまった。花束を抱える水本を、通り過ぎる人たちが感情のない目でちらりと見る。八月のお盆明け。この時期に退職する人はあまりいないらしい。一番多いのが三月末で、ここには定年退職の人もいる。次に多いのが六月末と十二月末。どちらもボーナス月だから、もらってから辞める人が多いのだという。病気や家庭の事情などによる急な退職がなくはないけれど、「でも八月は珍しいよね」と先輩社員たちが頷《うなず》きあっていた。

確かに三月は、街中で花束を抱えている人を見たり、電車で隣り合った人が腕から下げた紙袋の中に花が見えたりすることが、時々あった。水本自身も大学の卒業式の後、謝恩会で一輪だけだが花をもらった。会場に飾っていた花を「どうせ捨てちゃうんだから、みんな持って帰りなさい」と教授に言われたので、「はーい」と素直に返事をして、花瓶から真っ赤なガーベラを一本、抜き取ったのだ。

細い花びらがびっしりと付いた鮮やかなあの花の名前を水本が知っているのは、野木《のぎ》くんが「おれ、ガーベラにしよ」と、同じ形の花を選んでいたからだ。そちらはオレンジ色だった。「じゃあ、わたしも」そう言って隣の赤い花にまっすぐ手を伸ばした水本は、二年くらい前から野木くんのことが好きだった。好きだと口にしたことはなかったが、野木くんは水本の気持ちに勘づいている節があって、かなり早い段階で「高校時代から付き合ってる彼女が、別の大学にいるんだよね」とさりげなさを装って伝えられていた。好意は消えなかったけれど、押し付ける気もなかったので、二人はいい友だちだった。ゼミの同級生として友好な関係を築き、水本の恋は、卒業式の日に同じ花を選ぶという形で止まった。

恋心が満たされたわけではないけれど、卒業してからも時々は連絡して近況を教え合ったり、同窓会や共通の友人と集まる場で会うこともできる、そういう関係を残せたので心は満足していた。勢いに任せた下手な方法で気持ちを伝えたり、野木くんに限ってそんなことは起こらなかったに違いないけれど、一度だけの関係を持ったり、そうまでしなくても、キスをしたり手をつないだり、そういう、後で思い出の棘になるような出来事を一つも持たなくてよかった。なにもせず、なにも伝えなかったから、未来まで続く友人関係が守れた。

その事実は、水本にとって若い人間関係の中で学んだ手ごたえだった。こんなふうに守ることができるのだと知った。なのに、季節が一つめぐる間もなく、職場の先輩、しかも恋人がいるらしい人と、体の関係を持ってしまうなんてことがあるのだ。大学時代に傷のない気持ちで野木くんを想っていた自分が、呆れた冷たい目で今の自分を見ているような気がした。けれどその醒《さ》めた目の持ち主は、学生時代に我慢したからいいよね、社会人だったらこのくらい普通らしいし、とも思っているのだ。

ほんとうに申し訳ございませんでした、とその日何度目になるか分からない謝罪を口にする自分の声が、惨めに震えていた。いいっていいって、大丈夫。こういうミスはみんな経験するんだから。これもまた、その日何度も聞いた慰めの言葉だった。大丈夫だよ、と許されるほどに、それを先輩社員たちに言わせている罪悪感が積み重なっていった。

表紙の色が発注したのと違うんだけど、という連絡が取引先から入ったのは午後六時。終業時間後の残業中のことだった。残業中といっても切羽詰まった締切の業務はなく、ただ毎日のこととして定時で帰宅するのは幼い子どもがいる人くらいで、後は三十分か一時間か一時間半くらい、なんとなく残業をするのが当たり前の空気としてあった。残業代の申請はしたりしなかったりする。その日も半数以上の人がまだ残っていて、急遽作り直すことになった六百冊の活動記録の対応を手伝ってくれた。水本が、倉岡から引き継いだ四つの案件のうちの一つだった。

近隣の中学校から、夏休みの間生徒に書かせる『毎日の記録』という無線綴じ冊子の印刷製本を請け負った。この表紙の紙色が発注したものと違う、という指摘だった。印刷室に指示をまわしたのは水本だ。慌てて仕様書を確認すると色上質紙の欄に「うぐいす色」とある。印刷に使用されたのは「もえぎ色」で、同じ緑系統の色だけれど、並べて見ると当然違う。見本として持っていた去年の納品冊子が「もえぎ色」で作られており、そのとおりに今年の冊子を作ってしまった。完全に、確認ミスだった。

中学校の方で窓口になっていた四十代の女性教員は、「内容は問題ないからこのまま使えるかもと思ったんだけど、三年間で管理がしやすいように表紙の色を変えているので、申し訳ないですけど、作り直してもらえますか」と気の毒そうに言い、水本は電話に向かって頭を下げながら、「すぐに作り直します。こちらの確認不足で申し訳ございません」と平謝りした。

電話を切ると、隣の席の倉岡が「どうした」と体ごと水本に向いて尋ねてきた。こういうことで、と説明すると分かりやすいため息をつき、「表紙の色が違うくらい、言いくるめてそのまま受領させなきゃだめだろ」と言った。え、でも、わたしのミスで、と水本が言葉を詰まらせると、「あーごめんごめん、いや、大丈夫だって。よくあるやつだから。何冊？ あー六百ね。まあまあ多いけど、まあ、でも、いや、大丈夫だって」と肩をぽんぽん叩いた。

印刷室に製本機の稼働スケジュールを確認すると、別件の製本予定が入っているため今週中は動かせないことが分かり、紙の調達と併せて、土日に休日出勤して対応することになった。印刷室の担当者は、元々土日シフトの出勤者がいるのでいいよと請け負ってくれたが、営業部から新人の水本一人が出るわけにもいかず、最終確認の担当として倉岡も出勤した。自分のミスを自分一人でカバーできないのは、苦しかった。残業も休日出勤も平気だったが、自分はいつか他者に責任を負わせるのが嫌で、仕事から逃げ出してしまうかもしれない、と水本は思った。

土曜中に印刷製本を終え、日曜に検品と配達準備をした。まだ太陽が高く昇っているうちに営業車への積み込みをし、後は翌日の月曜日の朝いちで、中学校へ納品に行けば完了という状態に落ち着いた。「飲みに行こうぜ！」とことさら明るい声で誘ってきた倉岡に頭を下げながら付いて行き、職場近くのカフェレストランに入り、二人でビールを飲んだ。

「こういうこともあるって。ミスは絶対、誰でもするものだし、同じミスしないように気を付けて、減らしていけばいいいじゃん」

真昼のビールが似合う人だと思った。休みの日は外に出ることが多いという、健康的に日焼けした肌。この土日だって、もしかしたら仲間内で草野球の予定があったかもしれない。休日は仕事の疲れで寝てばかりの水本と違って、ぎっしり予定があり、なかったとしても友だちを誘ったり、誘われたり、予定がすぐに埋まる人だろう。それに、そうだ、恋人がいるらしいからなにをするでもなくその人と過ごすことだって、あっただろう。そういう休日を自分はこの人から奪ってしまったのだ。ミスで納品が遅れた取引先の中学校に対してよりも、目の前でビールを飲む倉岡にかけた迷惑の方が、水本の心には重たかった。

　落ち込んでいる人間と酒を飲んでも楽しくないに違いなかったが、倉岡は終始明るく、楽しそうに振舞ってくれた。胃の中がビールと揚げ物中心のツマミで満たされた夕方、倉岡が「よっしゃ帰ろー」と勢いよく立ち上がり、反動で椅子を倒した。「わー！すんません！」と周囲に大声で謝りながら、慌てて椅子を元に戻すと、「ほらな、おれもこういうことやっちゃうんだわ」とこれは小声で水本にだけ言った。失敗の種類が全然違うと思ったが、倉岡が励まそうとしてくれている気持ちがうれしかった。


　水本はしばらく駅前の明るい場所に立ち尽くしていたが、また歩きはじめる。なるべく明るい大きな道を選んで、四駅先の自分のマンションがある方角へ向かう。まさか全部を歩いて帰るつもりはなかったけれど、一駅分くらいは歩いてもいいかと思った。その間にどこかで花瓶を手に入れられるかもしれない。

　本気でそう期待しているわけではないけれど、他にどうしていいかも分からなかった。「これいらねえから」と言って渡された、次の受け取り手が想定されていないバトンを抱え、熱気を切って歩く。

道の先から数人の男女が騒いでいる声が聞こえた。酒に酔っているらしく大声で話し、頻繁に爆発したような笑い声が差し挟まれる。その騒音へ向かって歩いて行くと、公園があった。ブランコと船の形の遊具、鉄棒、ぶら下がって運動する大人向けの器具が並び、真ん中には子どもが十数人は走り回れそうなくらいのスペースもある、そこそこ広い公園だった。

騒音の主たちは道路沿いのベンチに座り、缶ビールやスナック菓子を広げていた。青色のライトに照らされているので、顔色が悪く見える。全員水本より十歳は年上に見えた。三十代半ばくらいだろうか。声のはしゃぎようから、もっと若い人たちを想像していたので水本は少し驚く。大学生の時に、大学近くの公園であんなふうに騒いでいた同級生たちが、近隣住人に怒鳴られているのを見たことがあった。うるさいんだよおまえら！　ゴミを持ち帰れ！

——そうだ。捨ててしまえばいいんだ。

思いつき、花束を抱える手に力がこもる。公園の入口で立ち止まり、さっと中を見渡す。遊具と遊具の間に視線を走らせるがゴミ箱はない。公衆トイレの横にも、酒盛りをしているベンチの周辺にも、見当たらない。

ならば、この花束を捨てるにしても、自分の家に持って帰るしかないのか。今すぐに実現できる名案だと思ったのに。思わずもれた、ため息が熱い。

「おねーさん、お花、きれいだねー！」

女の人の声がして、ベンチの方へ顔を向ける。

「なんかお祝い？　おめでとー」

一人分の拍手が公園に響く。手を叩いているのは、タンクトップとホットパンツから細い手足を伸ばした女の人だった。絡むなって、と隣の男の人が止めている。ふざけているのではなく、それがほんとに「止めておけ」という感じだったので少し安心する。タンクトップの女の人は「えー」と口を尖らせたけれど、水本に向かって「絡んでごめーん」と片手で「ごめん」のポーズを取って見せた。水本は首を横に振って返し、それから、

「この公園ってゴミ箱はないですか」

と尋ねてみた。すぐに、タンクトップの女の人から、「ないよー」と答えが返ってくる。

「うちらもさっき探したけどなかった。ゴミ持って帰るのだるいわまじで。なんか、不審物の問題がどうのこうので、ゴミ箱撤去されたらしいよ。ゴミ箱なくしても不審物置くやつは置いて帰るだろって思うんだけど」

そう言われると、なるほど、水本もゴミ箱が撤去されているというニュースを見たことがあるような気がしてきた。いつ頃にどうやって知ったニュースか分からないが、確かに自分はそんな知識を持っている。

「そうなんですね。分かりました。ありがとうございます」

集団に向かって会釈し、歩き始める。後ろからまた爆笑が聞こえ、「奇妙な夜すぎー」という言葉も聞き取れた。奇妙な夜になりかけているのかもしれない。水本もそう思う。

歩き始めたけれど、道の先はどんどん暗い。街灯が点々と道を照らしてくれてはいるけれど、営業している店はもう一つとして見当たらず、道の両側には住宅が続いている。マンションばかりだったけれど、駅から離れるにつれて一軒家も目につくようになってきた。このまま進んで行って、次の駅が近くなったら、また店も出てくるかもしれないが、この時間に開いているのはコンビニとバーくらいだろう。

公園の騒ぎ声が聞こえなくなるくらい離れてから、立ち止まり、鞄から水を出して飲む。飲んだ傍から全部が汗になって流れ出ているんじゃないかというくらいの、汗をかいていた。もう、しんどい。タクシーに乗って帰ってしまおうか。でもこの辺りには、タクシーどころか一台の車も走っていない。東京の中にもこんな風景があるのだ、と夏の深夜の、じっとり熱を溜めた暗い道を見つめる。縁石のそばで名前の分からない細長い虫が乾いて死んでいる。

梅雨入りする頃には、倉岡の退職予定は職場の全員に知れ渡っていた。倉岡が担当していた仕事は主に水本に引き継がれることになり、二人で連れ立って他部署や主な取引先に挨拶に行く機会も増えた。

印刷室を訪れた際に、水本が中学校の活動記録のミスをした時に対応してくれた土屋《つちや》から、昼食に誘われた。部署は違うけどこれから一緒に働くから仲良くなりたいと思ってるの、と声をかけてくれた土屋は、ほっぺたがふっくらした目元の穏やかな人で、倉岡とは同期入社ということだった。

昼休みに職場の近くにある台湾料理屋へ入り、二人とも魯肉飯《ルーローハン》のランチセットを頼んだ。食前、食中と「仕事には慣れた?」「営業部の課長は変わり者だけど悪い人じゃないからね」と水本に気を遣った話題を振ってくれていた土屋が、食後にあたたかいウーロン茶を飲みながら、おずおずと切り出した。「倉岡くんは、大丈夫そう?」

水本は首を傾げて、慎重に尋ね返した。「大丈夫というのは……」語尾をぼやかして、相手にパスを投げる。心臓の音が速くなっていた。倉岡のマンションは職場から一駅離れているとはいえ徒歩圏内だ。駅とは反対方向だけれど、入るところを誰かに見られた可能性がないわけではない。なにしてんの新人のくせに。詰問する声が頭の中で聞こえ、はっとする。そうだ、何をしているんだ新人のくせに。働き始めたばかりで、先輩社員と関係を持って、その人はこれまでの人生で自分が関わったことのないような明るい人で、例えば高校のクラスなんかでは当然一番に目立つグループにいただろうし、体育祭で活躍して、文化祭ではクラスの屋台を盛り上げて、大きな声で笑っていただろう……。倉岡のことを安直に想像した遠い世界に当てはめ、けれどそれが大きく外れていないだろうと信じてもいる。

見られたのだろうか。審判を待つ気持ちで、土屋の様子を窺《うかが》っていると、彼女は困った顔のまま「明るくていい人だけど、先輩としてはけっこう、困ることもあるんじゃないかと思って。ほら、五月の中頃に、中学校の活動記録の冊子を印刷し直したことがあったでしょ」と続けた。水本は慌てて頭を下げる。

「あの時は、ほんとうにすみませんでした！　ご迷惑をおかけしました」

「あ、ううん。それはいいの。わたしも印刷機のスケジュールの調整ミスをしたことがあって、営業部の人にかなり遅くまで残業して待ってもらったことがあるし、お互いさまだと思ってるから。でもね、あの時、水本さんがずっと謝っていたでしょう」

「え、はい。だってそれは」

「倉岡くんは、すみませんねえ、くらいだった。ううん。すみませんねえうちの後輩が、みたいな感じに、わたしには見えてた。ねえ、でもあれって、倉岡くんから引き継いだ案件でしょう。わたしも後で仕様書を見たけれど、受注は三月だった。仕様書を作ったのもその時。先方との打合せも済んで、再校も戻して、校了手前での引継ぎだったでしょう。もうほとんど後は印刷するだけっていう状態。それで去年の納品冊子を見本で渡して、これと同じだからって言って最終確認もしないで、そうして起こってしまったミスだと思う。新人の、しかも四月や五月の間のミスは、新人のせいじゃない。先輩のミスだよ」

　土屋は静かな声できっぱりとそう言い切った。

　予想していなかった話の展開に頭が切り替わらず混乱していると、頷いたきり黙ってしまった水本の様子に慌てたように、ごめんね、とつぶやいた。

「急にこんな話をしてしまってごめんなさい。最近になって倉岡くんが八月で退職するって知って、言うなら今しかないのかなと思って。辞めてしまったら、その人の情報は更新されないで、初めにお世話になったいい先輩っていう記憶になってしまうと思うから。水本さんにとってそれだけにならないように、話しておきたかったの」

土屋は柔らかな笑みを浮かべ、「またお昼一緒に食べようね」と付け足した。

道の先に、光が一つ見えた。建物の外になにか品物が並べられている。どうやらお店らしい。こんな時間に？　水本がスマホで時間を確認すると、二十三時になろうとしていた。三十分以上も歩き回っていたらしい。一本締めの解散が随分と前の出来事のように思える。

汗はいつまでも流れる。夏を嫌いになりそうだった。べたつく腕で、額に流れた汗を浮いてぼろぼろになったファンデーションごと拭い、まっすぐ、光に向かって歩いた。

〈巣鴨バザール〉

小さな子どもがクレヨンで書いたような字の看板が、入口の上に掲げられていた。店の外に敷かれた新聞紙の上に、鍋や陶器が並び、その隣にはややくたびれた様子の自転車が二台、ハンドルから値札をぶら下げて置かれていた。雑貨店というか、リサイクルショップだろうか。

扉は閉まっていたが、ガラス戸の中はまぶしいほど明るく、ドアノブに「営業中」のカードがかかっていた。外から見える範囲に、客も店員もいない。水本は花束を左手で抱え直し、右手でドアを押し開いた。冷気がさっと体を包み込む。きんきんに冷えた空気に、ほっと息をついた。顔にまとわりついていた花の香りが遠ざかっていく。

店内は床から天井付近まで物が積み上げられていた。蟹の歩き方で狭い通路を進みながら、それらを見回す。スナック菓子やペットボトルのお茶、炊飯器、マーライオンの置物、竹で編まれたかご、色鉛筆、古い漫画本。

水本は妙に気持ちが急《せ》いて、店の奥へ奥へと進んだ。首を伸ばして商品の山の向こう側を見ると、店主らしい中年男性の姿があった。中腰になってレジの前の駄菓子を並べ替えている。

「あの、すみません。花瓶を探しているんですが、ありますか？」

振り返った店主は「もちろん」と頷き、水本の足元を指さした。レンガ色の花瓶がそこにはあった。「５００円」と書かれた手書きのカードが付いたそれに、水本は迷わず手を伸ばした。

違う店の名前が入った大きな紙袋を「サービスです」と言って付けてくれた。中に花瓶を入れ、花瓶の隣に差し込むように、花束も入れた。花束の頭が飛び出ているけれど、持ち手の片方だけを腕にぶら下げ、もう片側を開いていればつぶさずに持ち運べる。手で抱えて運ぶよりもだいぶ楽になった。

花束と花瓶と紙袋。準備が整った。でもこれ、家に置くの嫌だな。絶対、嫌だな。ならばどうしようか、と考えながら水本は来た道を戻って行く。このまま次の駅までろくに知らない道を進むより、知った道を戻った方が安心だろう。

ほんの数十メートル歩いただけで、店の冷たい空気で乾いた汗が、元どおりに吹き出した。立ち止まって水を飲むついでに振り返る。〈巣鴨バザール〉の光は、もう見えなかった。ペットボトルをさかさまにして水を飲み干す。空になったそれを花束の紙袋に押し込み、また歩き始める。

ゴミ箱のない公園まで戻って来た。近付いても騒ぎ声が聞こえないので、さっきの人たちはもう解散したのだろうと思ったが、入口からベンチの方を見るとまだそこにいた。ひそひそ声で話している。酔いつぶれて力尽きたわけではなく、酔っぱらいなりの理性で小声を選んでいるらしい様子から、近隣住民にうるさいと怒られでもしたのだろうか、と想像する。

立ち去ろうとしたところで、タンクトップの女の人がこちらに気付いて手を振ってきた。紙袋を持つ手とは反対の手を挙げて、小さく振り返す。ベンチに座っていたその人がぱっと立ち上がり駆け寄ってきた。手招きされたが、水本が自ら進んだのは二歩だけで、ほとんどその場で足踏みして待っていた。小声が届く距離で立ち止まったその人が、水本の紙袋を指さす。

「花、捨てるとこなかったの？」

はい、そうなんです、と頷いた水本に、

「えっ、さっきゴミ箱ないかって聞いたのって、なんかゴミ捨てたいんじゃなくてその花束を捨てたかったの？」

と驚いて聞き返したのは、タンクトップの女の人の後ろから付いてきた男の人で、その人は、夜なのにキャップを被っていた。水本に話しかけるために近寄って来たというより、他人に絡んでいくタンクトップの女の人を見守るために来たようだった。キャップの男の人の方は全然酔っぱらっているようには見えない。もしかするとお酒を飲んでもいないのかもしれない。

「いや、それしかないでしょ」

タンクトップの女の人が、当然、というふうに言い返す。

「花束を捨てるなんて、そんなわけないじゃん、だって」

「いやいや、それしかないと思ったけど。でも、結局捨てられなかったんだ」

「はい。でも、大丈夫なんです。花瓶買えたので」

水本が紙袋を開いて、奥の花瓶を見せると、タンクトップの女の人は、「へー。よかったね」とにっこり笑った。キャップの男の人が、気を付けて帰ってね、と手を振った。水本は小さく頭を下げて、その場を後にした。

台湾料理屋のランチで、土屋が倉岡を非難するのを聞いた後も、水本は倉岡が好きだった。好きだったと思う。大学時代の後半の二年間、野木くんに対して報われない恋心を抱いていた時の、諦めることが想いを遂げることとイコールでつながっていたさみしさよりも、情の感触は確かだった。仕事を頑張ればほめてくれて、健康的な体と笑顔でビールをたくさん飲んで笑って、酔えば楽しくなって水本のことを「かわいい」と言って抱き寄せる、触れられる体と心の両方を与えてくれた。勢いだろうと流れだろうと、好きだからそう振舞ったのだと、自分で自分に納得していた。自分を気遣って話してくれたであろう土屋に対して、むしろ、なんでそんなこと言うの、という反発心も芽生えた。そんなこと言われなかったら分からなかったのに、倉岡さんのほころびなんて可視化しないでいてくれたら、よかったのに。

別の先輩社員と仕事の話をしている時に、「このやり方って誰に教わった？」と確認された。倉岡さんです、と水本が答えると、その人は困ったような顔で「ああ」と頷き、「これだとほら、見落としが出てきちゃうから、こうした方が」と別の方法を教えてくれた。水本はそのことを、倉岡には話せなかった。

　そういったことが、ぼろりぼろりとあった。倉岡くんねえ、勢いはあるんだけどねえ、と苦笑いする上司。残業すればいいってわけでもないよ、と倉岡と二人で資料をめくっていた夜遅くに声をかけてきた一つ上の先輩。もっと遡って四月、まだ水本が倉岡と出会ったばかりの頃、女子トイレで「指導係以外にもいろいろ、聞いていいからね」と声をかけてきた人もいた。多分、新入社員の目には見えていないいろいろのことが、あるのだろう。明るく快活なキャラクターが愛されることと、仕事で求められる器用さが両立しないことも、あるはずだった。「あの人っていい人だけど仕事はできないよね」みたいな、よくある話が引っかかっているのではなかった。水本は、水本自身の恋愛の揺らぎが恐ろしかった。

　自分が好きだと思った人の、仕事上の他者評価を耳にして、それは自分が直接感じていることではないのに、「そう思っている」他者がいる事実だけで、ほんのり、またほんのり、好きが削られていく。

　好きってこういうことだっただろうか。分からない。小学生の時は、クラスで一番足が速い子が好きだった。中学の時は一緒に美化委員をしていた子のことが、高校では二年の時同じクラスになった、足は遅いけれど持久力があって、昔の漫画をたくさん知っている人を好きになって、付き合った。その人は多分、周りから見てかっこいいと思われるタイプではなかったけれど、彼のことがとても好きだったから、周りがどう思っているとか、あまり考えなかった。水本自身もかわいいともてはやされる立ち位置にいたわけではなかった。ただ、彼は「かわいい」と言ってくれた。好きで付き合って、いつの間にか好きではなくなっていて、別れてしまった。

社会で働き始めてしまった自分は、もう二度とあんなふうに自分の心だけで恋愛をすることができないんじゃないか、と水本は気付く。自分が自分だけであるよりも、水本は社会や会社の中の一員であることを優先したかった。社会の歯車って悪い言葉のように聞こえるけれど、水本は歯車になりたいと思っていた。かっちりはまって、なにかの役に立って物事を動かしていく歯車。それに憧れる気持ちは、なんだか決定的であるような気がした。

ならば最後に、大学で野木くんを好きになれてよかったのかもしれない。気持ちが減らなかった恋だった。交わしたのは一輪のガーベラだけ。それだって、ほんの数か月で倉岡の記憶に上書きされた。小学生の時好きだった足の速い彼の名前をもう思い出せないように、好きはいつも、いつの間にかなくなる。けれどなくなり方が、大人になるとこんなふうな形なんだな、と知った。なるほどこれも、社会人になって新しく学んだことの一つになるのだろう。

脇から流れ出た汗が腕を伝って降り、腕に下げた紙袋へ落ちて行った。紙袋の中で、空になったペットボトルがからっぽの音を立てている。駅へ近づくにつれて道は明るさを取り戻したけれど、さっき通った時よりも明かりの点いた窓は減っているし、生きている音も減っている。

コンビニが強く発光していた。水本が自動ドアをくぐると、すぐ目の前にゴミ箱があった。燃えるゴミと燃えないゴミとビン・缶とペットボトルの四種類。なんだここにあった、と力が抜けかけたけれど、コンビニのゴミ箱にこんなに大きな花束を捨てることはできない。

水本は紙袋から空になったペットボトルを取り出して捨てた。それから、同じ水のペットボトルを一本手に取って、レジに向かった。レジに立っているのはさっきと同じ、まだ十代に見える短髪の男性だった。同じ人、と分かるのは水本が客だからで、相手からしたらレジを通っていく数多の客のうちの一人でしかなく、同じ夜に同じ水を買ったところで同じ人間だと認識されるわけがないと思ったのだけど、短髪の店員は水本の紙袋から飛び出した花束のひまわりを目にすると、ぼそりと「もっかいですけど、おめでとうございます」と言った。

水本は、えっ、と声が出そうになったのを喉で止めて、「ありがとうございます」と会釈した。店員が「っす」と顎を引いて頷く。水本はコンビニを出てすぐにペットボトルの蓋を開け、水を一口飲む。汗をかきすぎて、いっそもっと汗をかいてしまいたいと思い始めていた。

同僚たちがまだいるかもしれない、初めからいなかったかもしれないカラオケ店の前も通り過ぎる。どんどん歩いて、どんどん汗をかく。かいた汗を散らしながら歩く。帰り道を見失わないための道標みたいに、自分の後ろにてんてんと汗の跡を残していくイメージが頭に浮かぶ。

送別会をした居酒屋が入った雑居ビルの前を通り過ぎる。電灯の真下で照らされた街路樹で、蟬が鳴いていた。さっきから鳴いていただろうか。思い出そうとしたけれど分からない。都会の蟬は夜も鳴く。初めて聞いた時はぎょっとしたけれど、これにももう、慣れてしまった。

歩きながら、スマホを取り出して倉岡に電話をかけると、数秒の沈黙の後、〈おかけになった電話番号への通話は、おつなぎできません。〉とアナウンスが流れて切れた。

そうしている間に、倉岡のマンションが見えてくる。七階建ての古いマンションの二階。駅から近いのに築年数がいってってオートロックじゃないから安い。代わりに男しか住んでないけど。と、なにがおもしろいのか分からないけど、おかしそうに笑って教えてくれたマンションに到着し、迷わず一段飛ばしで階段をのぼった。二階の廊下に、ドアは四つある。倉岡の部屋は階段から一番近くだ。ドアの隣にある換気用小窓の中は暗い。音も聞こえない。眠っているのかもしれないし、ここにはいないのかもしれない。どちらでもよかった。つながらない電話。こういう時だけ、仕事が早い。

倉岡の部屋の前にしゃがみ込んで、ドアが開いても当たらない位置に花瓶を置いた。花束に巻かれたグレーとオレンジのリボンをほどいて、包装を破き、花をむき出しにする。切られた断面に巻かれた湿った紙と輪ゴムを取り外すと、中にぐずぐずになった葉が挟まっていて、手の中がぬるりと嫌な感じに濡れた。グレーの方の包装紙でその手を拭い、花束を花瓶に挿した。このために用意されたみたいに、ぴったりだった。

体育座りのまま活けられた花束を見つめる。ひまわりが、綺麗。暑い中持ち歩いてしまったけれど、しゃんとしている。名前の分からない緑の花もかわいいし、ボリュームがあって華やかに元気で、とても送別会で贈られた花束には見えない。たくさんあるから一本だけ、ひまわりを引き抜く。もらうのはこれだけでいい。

水本は鞄からペットボトルを取り出し、中の水を全部花瓶に注いだ。喉がからからだった。空になったペットボトルを鞄にしまって立ち上がる。水はまたコンビニで買えばいい。急げばまだ、終電にも間に合うだろう。こんな夜の花束のために、タクシーに乗るなんてまっぴらだった。

お返し

息子と手をつないで保育園の敷地を出たところで、女の子を連れた女の人に声をかけられた。

「彩人《あやと》くんのお父さまですよね。ちょっとすみません」おれの顔を見て小さく会釈した後で、息子に顔を向けて、「彩人くん、こんにちは」とほほ笑む。息子は女の人ではなく、一緒にいた女の子の方を向いて「まきちゃん！」と声をあげた。どうやら保育園の同じクラスの子らしい。おれの手をほどいて、女の子の隣に駆けていく。

「あの、うちの娘が、どうしても彩人くんにバレンタインのチョコレートをあげたいって言うものですから。保育園の中には持って入れないでしょう。アレルギーのこともあるしと思って、こちらでお待ちしてたんです。すみません」

「そうでしたか。いや、ありがとうございます。アレルギーは大丈夫です」

おれの返事を聞いて頷き、まきちゃんと息子を呼んだ女の人の手から、スヌーピーの絵が描かれた箱がまきちゃんに渡され、まきちゃんが「これ、あげるね！」と言って息子にそれを差し出した。「なにこれ？」「チョコレートだよ」「くれるの」「うん。だって好きだから！」「お父さん、チョコもらった！」と、息子がおれの腰に頭をぶつけるように体当たりするのを抱きとめて、「よかったな。ちゃんとありがとうって言った？」と促すと、息子ははっとした表情を浮かべてまきちゃんに向き直った。

「まきちゃん、ありがとう」

息子の大声に対して、「うん、いいよ」と答えるまきちゃんの声量は先ほどより小さく、なにかを許すような顔つきが急に大人らしく見えた。

二人と別れ、家に向かって歩き始める。保育園からうちまで歩いて十分。同じ会社に勤める妻と家庭内でシフトを組んで、送り迎えを分担している。今日は在宅勤務だったおれがお迎えの担当だった。

「チョコレートもらったー」

歌うように言う息子に、晩ご飯の後で食べような、と言い聞かせ、それからふと、と尋ねた。息子は驚いたように目を大きくして、「うれしいよ！」とはっきりと答えた。分かりきったことをわざわざ確認してくる父親に抗議するように——と感じるのは、いささかうがちすぎだろうか。単純にうれしいからうれしいと、元気よく答えただ

「うれしいか？」

けかもしれない。

そうか、うれしいのか。五歳になったばかりの息子を見つめながら、バレンタインデーの意味もよく分かっていないのだから、大好きなチョコレートをもらってうれしいのは当然だ、と思う。チョコの前に好意があって、その感情をあげたりもらったりする日なのだと、意味まで理解してもうれしいままだろうか。「うれしいよ!」と当たり前のことのように大声で言い返せる息子に、このままでいてほしいような、でもきっとあっという間に大人になるんだろうなとさみしく思うような気持ちがわく。息子と手をついでいるのとは反対の手で、首に巻いたマフラーの位置を直し、毛糸に移った自分の温もりに顎を差し込んだ。


おれもバレンタインデーにチョコレートをもらったことがある。始まりは、小学四年生の時だった。夕方、玄関の呼び鈴が鳴って、階段の下から母親がおれの名前を呼んだ。

「ちょっとちょっと、早く来て」

母親のその声が、パート先の集まりで酒を飲んで帰って来た時の、たがが外れたように愉快な調子と似ていたので、おれは二階の自分の部屋を出る時から、すでにちょっと嫌な気持ちだった。階段を下りる間に聞こえてきた話し声で、玄関にいるのがユウハとユウハのおばさんだということが分かって、なるほど「バレンタインだ」と思い至った。おれは母親以外からバレンタインのチョコをもらったことはなかったけど、クラスの中には女子からチョコをもらったやつもいて、すぐに知れ渡り、「好き同士！」と冷やかされていた。さっき聞いた母親の声、あれは、楽しそうな声というより浮ついた、軽薄な声なのだな、と思い直す。

短い廊下をさっさと歩いて行くと、おばさんに出口を塞がれるようにして玄関に立つユウハと目が合った。手に水色の箱を持っている。同じ色のリボンも付いていた。「これ、バレンタインデーだから」と言って差し出された。母親とおばさんが、おれとユウハの腕や脚や頭の角度なんかも全部見落とさないようにしているのが分かった。「ありがとう」と言って受け取る。すかさず母親が「よかったわねえ。ユウハちゃん、チョコレート、ありがとうね」と甘ったるい声を上げた。ユウハはチョコを渡したきり、おれの顔を見ようとしない。左右の耳の下でみつあみにした長い髪を引っ張ってやりたくなる。

ユウハもおばさんも、家には上がらずに帰った。もらったチョコを自分の部屋に持って行くのが嫌で、リビングのテーブルの上に置いていたら、母親に「開けてみなさいよ」と促された。箱の中は六つに区切られていて、区切りごとにチョコが一つずつ入っていた。丸かったり四角かったりするチョコには、銀色のつぶつぶした飾りや、違う色のチョコで描かれたうずまき模様なんかが付いていた。ひとつ食べてみると、外側は固かったのに、中はどろっとしていて、鼻の奥がつんとするほど甘い。母親がスーパーで買ってくるチョコとは違う味がする。チョコはチョコなんだけど、丁寧に扱われたチョコの味というか。なるほどこれは、特別なんだな、と理解する。「おいしい?」と母親に聞かれて頷くと、母親は安心したようにほっと息を吐いて、「ユウハちゃん、いい子ねえ」とチョコの味とは関係ないことを言った。

　ユウハとは別に、友だちというわけではなかった。母親同士に付き合いがある近所の子。でも、女の子だし、同じ町内でも一丁目と五丁目でだいぶ離れてるし、学年も違うし、放課後一緒に遊ぶメンバーにも入ってなかったから、ただ同じ小学校に通う、家の方向が同じで登下校の時によく見かけるひとつ下の子、というだけだった。
　おれが小学生になったばかりの頃は、母親たちが通っているフラダンス教室に付いて行ってスタジオの隅で遊び、その後で、どちらかの家に行くことがあった。おれもユウハも一人っ子だった。お互いの家にしかないゲームや漫画があったし、ユウハの家には、ローラースケートや一輪車もあった。ユウハと遊ぶのがつまらなかったわけじゃない。でも、二年生になって三年生になって四年生になって、だんだん遊ばなくなった。おれがユウハの家に行くことはなくなったし、ユウハがうちに来ても、おれは自分の部屋から出ていかないこともあった。おれはユウハと遊ぶより、同じクラスの、うちにあるのと同じゲームを持ってる男の友だちと遊ぶ方がよかった。

一度だけ、友だちとうちでゲームをしている時に、ユウハが来たことがある。母親から「ユウハちゃんもまぜてあげなさいよ」と言われ、仕方なく男三人とユウハの四人で遊んだのだ。最大四人まで同時にできるゲームだったから、四人プレイでしか手に入らないアイテムが取れてラッキーだったな、と友だちは案外嫌そうじゃなくておれは安心したけど、ユウハはおれと二人で遊んでいた時より大人しくて、言われたとおりに動くだけって感じだった。その右のアイテム取って。はい。ジャンプするから土台に、そのボタンとあれでしゃがめるから、岩のとこで。はい。ダッシュ長押しで逃げて。はい。みたいな。

ユウハがおばさんに連れられて帰り、すこし後で友だちが帰る時、玄関で母親が「今日はみんなごめんね、女の子もまぜてもらって」と声をかけた。みんなは急によそよそしい顔になって、「別にいい」「大丈夫」と俯きがちに帰っていった。さっきまでほんとうにどうでもいい大丈夫なことだったのに、母親が口を出したことでよくないことになってしまったような気がした。

次の年も、ユウハは同じようにおばさんに連れられてうちに来た。母親に呼ばれておれが二階の自分の部屋から下りて、チョコをもらう流れも同じだった。おまえもう小四のくせに一人で来られねえのかよ、と思ったら、その次の年はユウハ一人で来た。あらあ、ユウハちゃん！　と歓待する母親の声で、おばさんから一人で行かせるからって事前に連絡があったんだなと分かった。

中学生になって最初のバレンタインデーは水曜日で、塾に行く日だった。部活の後、学校からそのまま自転車で二十分のところにある塾に向かった。先生が自分の家で開いている塾で、畳の大きな部屋に置かれた長机に十人くらいで集まって、数学と英語を教えてもらった。塾に着くと、自転車がたくさん並んだ駐輪場に、ユウハが立っていた。

おれが自転車から降りると、「今日、バレンタインデーだから」とチョコを差し出した。リボンが付いた水色の箱だった。なんでこんなとこにいるんだよ、とびびりながら受け取ると、ユウハは「それじゃあ」と頭を揺らして、自転車に乗って帰って行った。ユウハの顔を見たのは小学校を卒業して以来のことだった。髪は相変わらず左右のみつあみで、前髪だけくせっ毛でもじゃもじゃうねっているのも一緒だったけど、一年分背が伸びて、裸眼だったのが眼鏡になっていた。ユウハの自転車はチョコの箱と同じ、生クリームを混ぜたみたいな水色で、中学でそんな色の自転車に乗ってるやつはいなかったから、まだ小学生なんだなと思った。もらったチョコは塾の帰りに全部食べて、水色の箱は、コンビニのゴミ箱に捨てた。

翌年、ユウハは自転車をアルミ色のつるっとした新品に乗り換えて、同じ中学に入学してきた。途端に、おれたちは母親同士の仲がいい近所の子ではなくなって、中学の先輩と後輩になった。ユウハがうちに来ることはもうなかったし、学校の廊下や行き帰りの道ですれ違うことがあったら、ぺこりと頭を下げられた。「おはようございます」とか「お疲れさまです」と挨拶をされたけど、何部入んの、へえ、バドミントン部、程度の会話しかしなかった。女子と話すのが気まずかったし、ユウハに敬語で話されるのが気持ち悪かったのもあるし、そもそも昔から知っているというだけで、別に仲がいいわけでもないのだった。

なのに、バレンタインにはチョコをもらった。朝登校してすぐ、二年の教室がある三階に上がる階段の前にユウハが立っていた。「これ、バレンタインです」と、差し出されたのはやっぱり水色の箱だった。これで五個目だ、と頭の中で数える。毎年似たような箱なのに、中身はちょっとずつ違う。似てるんだけど全く同じではなくて、でもおれは別にチョコレートに詳しいわけじゃないから、どれも、甘いからうまいなってそれだけだった。同級生たちがどんどん登校して来ていたから見られるのが嫌で、お礼を言って受け取ると、さっと鞄の中に隠した。ユウハも心得ていますというように、小さく頷くとすっと体をひるがえして、おれより先に階段を上って行った。忍者かよ、とつぶやいておれも後に続いた。

その夜、和室に寝転がってテレビを見ていると、襖一枚を隔てたリビングで父と母が話しているのが聞こえた。

「女の子に毎年チョコレートもらえるなんて、うれしいに決まってるなあ」

「あの子、あんまり照れたりしないから、つまんないわよ」

それは多分、おれに聞かれてもいい話だった。聞かせようとしている声量ではなかったけれど、例えば家のローンのことや、おれの成績や進路のことについて両親だけで話し込む時の、明らかに聞かせまいとする声のトーンとは異なっていた。それでも、おれが不在の場でおれについて語られる両親の声は、正面から向けられる声と明確に異なっていて、襖を隔てた、テレビからバラエティのざわざわした音声が流れるこの和室でも妙にはっきりと聞き取れた。去年も今年も、ユウハからチョコをもらったことは話していないのに、知られているということは、ユウハがユウハのおばさんに話し、それが母親に伝わっているってことだった。

おれはそれを、そのことを、たった一回だけだったのに、その後の何年間もバレンタインデーが近付く度に必ず思い出した。おれはうれしいに決まっていて、照れないからつまらないと思われているのだ。飲み込んだと見せかけて頬と歯茎の間に挟んでおいたそれを、奥歯で噛みしめるように思い出す時、頭に浮かぶのはそれを口にした両親ではなく、なぜかユウハの顔だった。

その次の年のバレンタインデー、おれは中学卒業を間近に控えていた。市内で一番大学進学率の高い公立高校と、電車で三十分ほどのところにある私立高校の二つを受験し、私立の方は受かって、第一志望の公立の方は一週間後に試験があった。昼休みにトイレに行って、出たら、そこにユウハが立っていた。「バレンタインです」と言って差し出されたチョコの箱に、小さなカードが付いていて、〝受験がんばってね〟と書かれていた。ここは敬語じゃないんだなと思った。がんばるわ、と答えて受け取り、前の年と同じく忍者のようにユウハがぱっといなくなった後で、ありがとうと言い忘れたと気付いた。

公立高校には落ちた。おれは電車に乗って私立高校に通うことになった。同じ中学からその高校へ進学した同級生は数人しかいなくて、同じクラスには一人もいなかった。高一のバレンタインデー、一つ年下のユウハは高校受験まっただ中で、チョコレートはなかった。

中学を卒業してから一度も、連絡を取ることも近所の道でばったり会うこともなかったのに、なぜかバレンタインデーはユウハがうちに来るような気がしていた。それは母親も同じだったらしく、十四日は遅くなるから晩ご飯はいらないと言うと、「早く帰って来れないの」と確認された。実際にはユウハが来ることはなかったので、いらない心配だった。おれは部活の仲間と数人でカラオケに行った。その時集まったのは全員彼女がいないやつらで、歌う合間に、彼女ほしいな、いやでも実際いたらちょっとだるくね、とぼやき合った。フリータイムで入ったカラオケを出て解散したのは二十二時過ぎだった。最寄り駅までの電車はいつもより空いていた。駅から家までは自転車で十分くらいで、夜道が気持ちよくて飛ばした。スピードを緩めると、小道の脇からユウハが飛び出してくるような気がして、ますます飛ばした。

体育祭の打ち上げで、クラスメートみんなで焼肉を食べに行った時のことだ。六人ずつのテーブル席でなんとなく過去の恋愛話になり、その場にいる男子も女子も半分くらいはこれまでに誰かと付き合ったことがあると知って驚いた。流れでバレンタインデーにチョコをもらったことがあるかと話を振られ、義理チョコだけどと前置きして、幼馴染の子が毎年持って来てくれていた、と話した。ユウハからチョコをもらっている話を家族以外にしたのは初めてだったし、ユウハのことを「近所に住んでる幼馴染」と表現したのも初めてだった。なあ、あの子だれ？　ユウハをまじえてゲームをすることになった小学生のあの日、友だちから問われた時は、「母親の友だちの娘」だと説明したのに、いつの間に幼馴染に変わったんだったか。

案の定「えーっそれって義理チョコじゃないんじゃない？」という話になった。「義理でさあ、一回くらいあげても、毎年はあげないよね。その子、絶対好きなんだって！」いやまじでそんな感じじゃなくてさ、ほんとに。そう否定するのは気持ちよかった。中学と高校に離れて、ユウハからのチョコレートがなくなったことが、おれの気持ちを軽くしていた。〈むかしのこと〉ラベルを付けてみると、人に話しやすくもなった。

「でもお返しとかめんどかったわ」

わざと、苦々しい口調で付け加えられもした。「えーっ、ひどーい！」とぴかぴかした声が戻ってきて、「だっておれ好きじゃなかったし」と、おれもまた一際光った、残酷な声で付け足した。

小学生の時、ホワイトデーのお返しは毎年母親に託し、フラダンス教室でユウハのおばさんと会う時に預かってもらっていた。自分の小遣いで買うのも嫌で、母親にお金を出してもらって買っていたし、なんなら選んだのもほとんど母親だった。近所のスーパーよりはちょっとだけでかいスーパーに連れて行かれて、ホワイトデーのお返し用の品が並ぶ棚から選んだ。もう適当に選んで買っといてよ、と母親に任せたかったがそれだけは許されなかった。どっちにしても、「あれがいいんじゃない。こっちもいいんじゃない」とあれこれ目移りする母親の手に最終的に残ったものに「いいね」と言うだけなのだけど、「あんたのお返しなんだから、一緒に来なさい」と譲らなかった。十分に迷った母親が、ようやくレジを抜けて、出口で待っているおれのところに来る。小さいのに太くてしっかりした紐の手提げが付いた紙袋を顔の高さに持ち上げて、「じゃあ、これ、渡しておくからね」とまっすぐ目を見てくる。おれの方が先に目をそらして、でも、頷けば、それでよかった。

おれのお返し。それは間違いないけど、クッキーだかアメだかマシュマロだかを買う金は母親が出していて、おれは品物が選ばれるその場にいるだけで、でもその場にいるって事実が大切だって母親はどうやら考えているようだった。おれのお返し。おれが返してるのは、つまり、ホワイトデーの品を選んだ場にいるって事実と、「おれの」お返しっていう名義貸しみたいなことだ。

親のいないところでチョコを受け取るようになってからは、仕方ないので自分の小遣いでお返しを買った。五百円くらいのやつ。コンビニより近所のスーパーで買う方が安く済んだ。直接渡すために待つのは嫌なので、ユウハの家のポストに黙って入れていた。

中身がクッキーであれアメであれマシュマロであれ、なんとなく、ホワイトデーのお返しは全体的においしくなさそうに見えた。おれが自分で食べたことがないからかもしれない。中身の写真が売り場に貼ってあったけど、実物は見たことがない。箱しか見えないものを、お返しに渡すのだ。ユウハがバレンタインにくれるチョコは、毎年おいしかった。おいしかったけど、面倒だった。毎年なんでか水色系の包装なのも嫌だったし、そういう細かいことをいちいち覚えているおれ自身も嫌だった。もらいもののお菓子の見た目なんて食べたらすぐ忘れてしまうのに、いちいち覚えているのはバレンタインのチョコだから、みたいな意識が自分にあるからだと思った。

数ヵ月後、ユウハはおれが落ちた公立高校に進学したと、母親から聞いた。おれは高二になってすぐ一年の時同じクラスだった女子と付き合い始めて、バレンタインには手作りのチョコレートをもらった。お返しはお菓子ではなくネックレスが欲しいと言われて、なるほどなんとなくまずそうに見えるあんな品々よりネックレスの方がいいよなあと妙に納得して、牛丼屋のバイトで貯めた金で、ホワイトデーにそれを買って渡した。高一に続き、高二の時もユウハからのチョコレートはなかった。

小さな子ども時代は終わって、お互い高校生になったのだから、「親同士が友だちだから」で始まった義理を、ユウハは十分に果たした。これからはユウハも、ほんとうに好きなやつにチョコをあげたり、友だち同士で交換しあったり、あるいは、誰にもチョコをあげたりしなくても、いいんだ。


翌年、高三になったおれはバレンタインデーの翌週に国立大学の前期日程を控えていた。とはいえ、模試でろくな判定が出ていないその大学に合格できる気は全くしていなかった。冷えた空気を思い切り吸い込むと、鼻の奥が痛んだ。そろそろ吐き出した空気にあったためられて動き出した鼻腔は、高校受験に失敗したあの冬と同じ匂いをかぎ取った。三月一日に卒業式が予定されていて、そこではまるで春だ門出だみたいな演出がされるんだろうけど、風はまだきりきりと冷たいし、受験が終わるまで春を迎える気にはさらさらなれなかった。

ピンポン、と呼び鈴が鳴った。時計を見ると十八時だった。家にはおれ一人で、仕方なく自分の部屋を出て階段を下りて行く。途中で、あ、今日、バレンタインだ、と思った。まさかもしかして、とおれの頭に浮かんできたのは、半年前に別れた彼女のことだった。受験勉強が本格的になりお互い時間が作れず、ちょっとした喧嘩の修復もうまくできなくて、おれから別れようと言ったのだった。その後も、学校で姿は見かけたけれど、クラスも違うし、話す機会はなかった。それでもずっと好きだった――わけではない。離れてしまえば、毎日メールや電話でつながり続けていたのが嘘のように、時間も心も自分のために戻ってきて、それになじんだ。彼女と過ごしている間、自分のための時間が足りないと常に思っていたわけではないのに、別れてみると、なるほど足りてなかったんだなと気付くことが多くあった。だから別れてよかったと思う。噂で、彼女は先月中に第一志望だった県内の私立大学に合格したと聞いていた。

もしかして彼女が、チョコレートを持ってきたんじゃ。別によりを戻そうとかそんなんじゃなくても、多分おれが来週国立の試験を受けることも知っているのだろうし、がんばれみたいな意味を込めて。家が同じ市内にあるとはいえ、同じ町内に住んでいるわけではないし、大学も別だし、そうしたら、もしかしたらだけど一生、会えないかもしれない。大げさかもしれないけど、と心の中で否定しかけて、母親に連れられて遠くのスーパーへユウハへのお返しを買いに行った小学生の時に、「えーっ久しぶり！」と大きな声で母親に話しかけてきた女の人がいて、後で母親が「びっくりした。中学卒業ぶりに会った子なのよ」と驚いていたのを思い出した。びっくりしたというのは、たまま会ったことではなく「最後に会ってから三十年も経つのに、お互いによく分かったわねえ」という点についてのようだった。そういうこともあるのだ。卒業して三十年間、同じ市内に住んでいたって出会わないということが……ましてやおれは、国立大に落ちるかもしれなくて、滑り止めで受けた私立大は県外で、一人暮らしをしないと通えないところにある。この街を出る。いつか帰ってくるのか、そんなの分からないし、そうしたらますます、それこそ一生、ほんとうに一生、会えないかもしれない。心臓がぐっと詰まる感触がした。ずっと好きだった、とは決して言えないけれど、もし玄関ドアの外に立っているのが別れた彼女だったら、これからまた好きになってしまうかもしれない。たとえ離れ離れで、会えなくなるとしても。

ドアを開く。立っていたのはユウハだった。

三年ぶりに会ったけれど、すぐに分かった。おれが行けなかった高校の制服を着たユウハの、前髪が不自然にまっすぐだった。首に巻いた白いマフラーの外に流した肩までの髪も、無数の針が垂れたように浮かんで見えた。ストパーあてたんだ、と口に出しそうになったが止めた。もうみつあみは似合わなそうだったし、コンタクトにしたのか、眼鏡もかけていなかった。

もし別れた彼女だったらと考える頭の端っこで、まさかとは思うけどここにきて三年ぶりのユウハだったらどうしよう、というのも浮かんではいた。そうであってほしくはないから、一番上には飛び出ないように抑え付けていたのだけど。

「これ、バレンタインデーだから、あげる」

差し出されたチョコを、右手で玄関ドアを押し開いた姿勢のまま、左手だけで受け取る。

「水色」

ぽろりと口からこぼれた。「え?」と、ユウハが聞き返す。

「いや、なんかいつも、箱が水色だなって思って」

余計なことを言ってしまった後悔が喉元を熱くする。ひゅっと風が吹いて、暖房のついた部屋から出てきた体を冷やしていった。ユウハがそっと家の中に視線を走らせ、母親が出てくる気配がないことに安心したように、おれに視線を戻した。吐き出した息が白い。

「あの、小学生の頃、お母さんに連れられて遊びに来てた時、クラスのお友だちと何人かでゲームしてて、それにまぜてもらったことがあったんだけど。覚えてる?」

「どうだっけ。あったかも」

覚えていたけれど、おれはわざとそんなふうに返した。四人プレイでしか手に入らないアイテムをゲットしたこと。ユウハは「あったんだけど、」と続けた。敬語じゃないユウハに変に緊張して、「うん」とつぶやく。

「あれが、楽しかったの。うれしかった」

じゃり、とユウハの足元で砂を踏む音がした。視線を下に遣《や》ると、ユウハは黒のローファーを履いていた。おれの高校は男子も女子も登下校は指定の白い運動靴なので、ローファーを履いているのは新鮮だった。「それは、よかった」自分の声が、玄関の床に落ちていく。ユウハが鋭く息を吸う音が聞こえた。

「優しいところとかあるしだからずっと好きだった」

随分と早口だった。言わなければならないと決められた呪文を、できる限り早く相手にぶつける勝負みたいな高速詠唱が、さっきまで普通のペースで話をしていたユウハと乖離しているようで驚いていると、「帰ります」と言って、ユウハが踵を返した。家の前に停めていた自転車にまたがって、おれの方を振り返らないで、そのまま帰って行ってしまう。さっきより強い風が吹いた。その厳しい冷たさに、おれは慌てて家の中に入ると、暖房がついた自分の部屋に戻って体をさすった。机の上に広げたノートと問題集の横に、水色の箱を投げるようにして置いた。

それきり、ユウハとは一度も会っていない。

町内ですれ違うこともなかったし、膝関節痛の悪化でフラダンス教室を止めた母親は、それからもしばらくユウハのおばさんと親交があったようだけど、そのうちに疎遠になって、近況を聞くこともなくなった。最後に聞いたのは、ユウハが東京の大学を卒業し、そのまま都内で就職してすぐ、大きな子どものいる男と結婚したという話だった。大きな子どもってどのくらいの子のことなんだろうね、と話を聞いた父親が言った。継子だったら小学校高学年でも中学生でも十分大きい子よねえ、と母親が答えた。実際に何歳の子どもなのかは分からないようだった。

おれは絶対に落ちると思っていた地元の国立大学に受かって進学した。卒業後は田舎を出て、神奈川にある化学薬品を扱うメーカーに就職し、研究職兼営業みたいな、なんでもありの仕事をこなし、いつの間にか三十代になっていて、同僚の女性と結婚した。

妻になった人とは同期入社で、毎年バレンタインデーにチョコをくれた。おれにだけくれていたわけではない。男の方が多い職場だから大変だったろうと思うのだけど、毎年同じ部署の男性社員みんなにチョコを配っていたのだ。仕事帰りに二人で飲みに行った時、「まじでバレンタインとかめんどくて嫌」という話をされた。「なんで職場の人にチョコ配らなきゃいけないのよ」と、バレンタイン時期のデパートのチョコレート売り場がどれだけ混み合っていて大変か、うんざりした口調で語られた。おれは母親に連れられて行った地元のちょっと大きなスーパーの、ホワイトデーの特設会場を思い出した。混み合ってはいたが、人と人とがぶつかるような、レジに十何人も列ができるような混み方ではなかった。いや、そもそもバレンタインデーとホワイトデーでは、売られる総量も買われる品数も違うのかもしれなかった。ということは、バレンタインのチョコの方がたくさん出て行き、ホワイトデーには返ってこないものもあったのか。それとそれは、イコールではなかったのか。

はっとした気持ちになって、「もしかしてお返ししないって選択肢もあったのかな」とつぶやくと、彼女が「なになに、もててたことあるの？」と興味を持ったので、子どもの頃、毎年近所の子がチョコレートをくれていて、と話すと、「子どもの頃って、何歳まで？」と尋ねられた。

「中学卒業してから一回途切れたんだけど、その後、高三の時にもらったのが、最後かな」

「なにそれ、全然子どもの頃の話じゃないじゃん。高三ってもう、心の芯のところが大人になってる子もいるよ」

「いや、でも、高校入ってから三年もまともに会話してなくって、それでもずっと好きだったみたいなこと言ってチョコレート渡すって、その行為が子どもの思い出っぽくない？　子どもっていうか思春期っていうか。あの頃、おれはそれがずっと腑に落ちなくて。だってそんなので、全然会ってなかったけど実はおれも好きだったとか、両想いみたいなことってまずありえないじゃん」

「でもあなたは、結局こうして、その子のことをずっと覚えているわけでしょ」

きっぱりした声で言い切られ、言い返そうとした言葉が、喉の奥で詰まる。

「最後に渡したチョコって、それで想いをかなえられるかもって期待を込めたものじゃなくて、だめおしだったんじゃないの。最後の。ここまでしたらさすがに忘れられないだろうってという」

おれの顔をちらりと見て、彼女は目をすこし細めた。

「子どもの頃って、好きって気持ちの終点が、必ずしも両想いになることじゃなかった気がするんだよね。好きな人の意識にのぼること、記憶されること、忘れられないことの方が、重要だったかも。携帯のメールとかめっちゃ保護してたし。いやそれは子どもも大人も関係ないかもしれないけど……。わたし、なんなら付き合ってた男の子のことさえ、ちょっと忘れてる。どんなふうに話したかなとか、誕生日にプレゼントくれたりしたんだっけとか。中学生とか高校生の時のことって、細部まで覚えてない。ましてや付き合ってもいない、自分が好きだった人でもない、ただ、自分のことを好きだって言っただけの人のこと、はっきり記憶し続けてるなんて、すごいじゃんね。わたしだったらホワイトデーにどんなに豪華なお返しをもらうのより、そっちがいい。ずっとわたしのことを覚えていてくれるっていう、お返し」

酔っ払いはじめているのか、随分と素直に話す彼女を見つめながら、おれは、当たり前だけど目の前のこの人も誰かを好きになったり好きになられたり、付き合ってた人がいたりしたんだな、と思っていた。

飲み屋でそんな話をした年に、社内全体に「部署単位での年賀状とバレンタインのチョコレートの強制は撤廃しましょう」という通達があった。年かさの男性社員は残念がっていたけど、同世代以下の男性社員たちは、ホワイトデーのお返しの準備を押し付けられなくなってよかった、と喜んでいた。

職場以外で女性との関わりがないので、一つもチョコがもらえないバレンタインデーになるはずだったのだけど、「あげる」と明るい声と共に彼女から差し出されたのは、手のひらに収まるくらいの小さな黄色の箱だった。宝石みたいなチョコが二粒入っていた。

「うちの職場のバレンタインってなくなったんじゃ」

「撤廃されたのは部署単位のバレンタインでしょ。個人で誰が誰にあげようと、自由だと思うけど」

「じゃあこれは」

「うん、自由にあげたいチョコ。どうぞ」

ホワイトデーに食事に誘ったのがきっかけで彼女と付き合い始め、二年後に結婚した。結婚してからは、チョコはもらっていない。やっぱりめんどうだから、あげたくなったらあげる、と言われている。五年後か十年後か、いつかまたもらえるかもしれないし、もらえないかもしれない。

おれは今でも時々、ユウハの夢を見る。年に一回か二回のペースで、別にバレンタインデーに近い頃というわけではなくて、春とか夏とか秋に見たりする。夢の中で、おれとユウハはいつも高校生だった。一番頻繁に会っていたのは小学生の時で、中学の時はともかく、高校生になったユウハとなんて高三のバレンタインデーの、あのたった一度しか会っていないのに、夢にはその姿で出てくるから不思議だ。もじゃもじゃ前髪のみつあみじゃなくて、不自然なくらいまっすぐに矯正された髪と、眼鏡がなくなった顔。

春に見る夢は春だし、夏に見る夢は夏だ。おれとユウハはバレンタインデーのあの、冷たくて夢のない冬の日にばかり顔を合わせていたのに、夢の中では、地元の町のがたがたになったコンクリートの道に、桜やツツジやひまわりや、ハナミズキが咲いていたりするのだ。

現実でそうだったように、おれとユウハは夢の中でも特に、話すことはない。ただ道を歩いていて、ふと、前から歩いてくる女の子に見覚えがあるなあと思って、近づいて来たところで、なんだユウハじゃんって気付くのだ。けれど口には出さない。「なんだユウハじゃん」って言ってしまえばいいのに、おれはなぜだか言えないから、なんて声をかけようか、あるいは何も言わないで通り過ぎてしまおうか、悩んでしまう。後十歩分近付いたら、あと五歩分近付いたら――いつも、そんなところで、目が覚める。

新しい恋愛

遠出するから一晩だけ美寧々《みねね》を預かってほしい、と姉に頼まれた。もちろんいいよと請け合って、スマホを耳に当てたまま壁にかけたカレンダーを見る。明日、金曜の夜からうちに一泊。週末は遥矢《はるや》のところに行こうと思っていたけれど、約束しているわけではないし。急にごめんねと謝る姉に、全然いいからそれより美寧々に代わってよ、と頼むと電話の向こうでがさごそと音がして、それから、「知星《ちほ》ちゃん！」と光の塊みたいな声に名前を呼ばれた。思わず、ふっと笑ってしまう。うちに泊まりに来てくれるんでしょ、なにしよっか。楽しみだね。うんほんと楽しみ、ピザでも取っちゃおうか。

「それめっちゃいい。お母さん、知星ちゃんピザ頼んでくれるって！」

いいわねーと姉が笑って応える声がすぐ傍で聞こえた。美寧々と身を寄せ合って電話する姿を想像して、微笑ましい。ねえねえ、と美寧々が声を弾ませた。

「知星ちゃん、こいばなしようよ。知星ちゃんってそろそろ結婚するんでしょ？」

美寧々の向こうで、姉が「ちょっと」と焦った様子でたしなめる。わたしは彼女たちに気付かれないよう苦笑いをした。こいばな、という響きが「恋バナ」と脳内変換されるのに、瞬きほどの時間がかかった。仕事の愚痴や健康といった別の話題の延長ではなく、くっきりと恋愛だけを分けて話題にするなんて、もう長い間意識していないことだった。恋バナという言葉が、わたしと中学生の美寧々との間で違う意味を持つということを、頭では理解しているつもりでも、なかなか気持ちが追い付かない。

パジャマはうちに予備があるから持ってこなくていいこと、歯ブラシは自分のを持って来てほしいこと、ピザの後はアイスを食べることを約束してから、姉に電話を戻してもらった。

「土曜の夕飯前までには迎えに行くね。帰る時間が分かったらまた連絡する」

「うん、急がなくてもいいよ。どうせ暇だったし」

「ありがとう。助かる。美寧々が恋バナしたいってしつこかったらごめんね。今、学校でもけっこう、周りの人にどんな恋をしているか、してきたか、聞いてみなさいなんて言われてるみたいで。根掘り葉掘り、聞かれちゃうかも」

「へー、今ってそんな感じなんだ。わたしの時はまだそこまでじゃなかったな。恋愛はすばらしいです、人を好きになることは尊いですって教えられはしてたけど」

「人の恋バナを聞くだけじゃなくて、自分からも話してくるのよ」

後ろで美寧々が「わたし今はリュウキくんのこと大好きだよ。土日は会えないから、明日は絶対おはようって声かけたい」と言うのが聞こえた。姉が半笑いのようなため息を吐く。

「わたしが中学生だった頃は、親に好きな人がいるなんて絶対知られたくなかったけど、時代よね。母親相手ならまだ分かるけど、この間なんてお父さんと二人で喫茶店に行って恋バナしちゃった、なんて言うのよ。好きが好きすぎて、ちょっと付いていけないくらい」

置いてかれないようにしなきゃいけないね、と笑い合って電話を切り、掃除機に手を伸ばす。部屋には遥矢しか来ることがないから油断して、掃除をさぼってしまっていた。汚いというほどではないけれど散らかってはいるから、寝るまでに少しは片付けておかないといけない。明日の朝、布団も干そう。

大学進学と同時に東京に出て来た頃は、ちょくちょく呼び出され、まだ小学生だった美寧々と留守番を任された。大学近くのハチの巣みたいな学生専用アパートより、明るく広々とした姉夫婦のマンションの方が居心地が良かったし、美寧々にも会えて、ごはんも食べさせてもらえるから、呼ばれればすぐに喜んで駆け付けた。今思うと、姉は多分離れて暮らす母からわたしの様子を見るように頼まれていたのだろう。一回り歳の離れた姉は、幼い頃からわたしを随分かわいがってくれた。

掃除機をかけながら、壁にかけたカレンダーに目を留める。これも姉がくれたものだ。北欧からの輸入品で、やわらかなタッチで描かれた猫や森のイラストが気に入っていた。姉はインテリア関係の仕事をしていて、定期的に全国へ出張がある。映像コンテンツの制作会社に勤める義兄は、在宅勤務の融通がきくらしいのだけれど、撮影で数日家を空けることもある。二人揃って不在にする時はシッターさんに来てもらっているのだそうだ。就職してからは留守番を頼まれなくなっていたので、わたしで良かったらいつでも泊まりに行くよ、うちに来てもいいし、と申し出てみたけれど、「仕事がある日は知星も大変だろうし、せっかくのお休みは、遥矢くんとデートでもしなさいよ」と笑って流されたのだった。姉からすればわたしはいつまでも歳の離れたかわいい妹で守られる立場にあって、助けにはなれないのだと、さみしく思っていたから、明日から一晩美寧々を預かってほしいというお願いは嬉しかった。急な予定で家に来てくれる人が見つからなかったのかもしれない。義兄も恐らく仕事で不在にしているのだろう。

美寧々が生まれた時、わたしは今の美寧々と同じ中学生だった。姉は東京ではなく地元の病院で美寧々を産んで、育休を取った義兄と二人で一年間実家に住んでいたから、美寧々がふよふよした生きものから赤ちゃんへ徐々に人間になっていく様子を、わたしも近くで見ていた。叔母と姪というよりは、妹を大切に思うような気持ちで見てしまうのはそのためだ。美寧々が一歳になって保育園が決まってからは、姉も義兄も仕事に復帰して東京に戻ってしまったけれど、年に何度か美寧々を連れて遊びに来るのが楽しみだった。

一年同じ家で暮らした義兄とも親しくなった。義兄は賑やかな人で、自分はお酒が苦手で呑めないのに、父の晩酌にウーロン茶で付き合って一緒にテレビを見ては、リビングの外まで響く大声で笑っていた。姉は「うるさくてごめんね」と、謝るというより呆れたようにわたしに言い、「でもすごくいい人だよね」と返すと、「まあね」と少し誇らしげに認めた。一人っ子だという義兄は、姉と一緒になってかわいがってくれ、わたしが第一志望の大学に合格した時は涙ぐんで喜び、お祝いにちょっといい財布まで買ってくれた。

姉夫婦の助けになれることも、かわいい姪っ子がはじめて一人でわたしのマンションに泊まりに来ることも、純粋に楽しみだったけれど、反面、先ほど電話でお願いされた話が心に影を落としていた。恋バナ。今の若い子たちがそれを大切にしているというのはよく分かる。それでも――思わず深いため息を吐いてしまう。恋バナは得意ではない。

来月で二十六歳になる。美寧々は姉が二十四歳の時の子だから、姉がわたしの歳だった時には、子どもを産んで一年の育休を経た後、仕事に復帰して働いていたことになる。同期にも社外の友人にも、子どもがいる人は少なくないけれど、人間を産み育てる覚悟とその体力の両方があることに感心するばかりで、自分にも同じことができるのだろうかと不安が大きくなる。わたしも子どもはほしい。身近に美寧々がいて、赤ちゃんだった美寧々のかわいさ、少しずつ、けれどものすごいスピードで成長していく生命力の凄まじさを、いいとこ取りするようにして味わった経験が大きいのだと思う。新しい人間が一人生まれて、成長して、今は中学生になった。それってとってもすごいことだ。そのすごいことに、自分も関わってみたかった。恋人の遥矢もまた「子どもは好きだし、いつかほしいな」と話していた。だから結婚も、そのうちするのだろう。

そこまで考えて、ますます気持ちが落ち込む。掃除機をかける手が重たくなり、電源を切った。スマホを取り出して、遥矢にメッセージを送る。〈明日から姪っ子が泊まりに来ることになったから、今週末は遊びに行けない〉迷ったけれど、二通目も送る。〈すごく、楽しみ〉

仕事帰りに、姉夫婦のマンションの前まで美寧々を迎えに行った。美寧々には「知星ちゃんちまで一人で行けるよ」と言われたけれど、帰宅ラッシュの満員電車に美寧々を一人で乗せたくなかったし、冬の日暮れは早く、暗い道を歩かせるのも不安だった。

「だって、友だちと遊びに行く時とか塾から帰る時とか、一人だよ」

と言われてしまえばそのとおりで、美寧々はもう中学生なのだと頭では分かっていても、一緒に暮らしているわけではない分、まだ小学生くらいに見てしまう意識の滞りがある。悪い人間に目をつけられたり、女の子だからとわざと乱暴にぶつかってくるようなおじさんと駅ですれ違ったり、交通事故に遭ったりしたらどうしようと、不安になってしまい、「お願いだから迎えに行かせて」と頼んだ。姉や義兄は毎日こんな限度のない不安を抱えているのだろうか、と子どもを育てる人たちの心境を想像してぞっとする。


うちに着いてすぐ宅配ピザを頼み、コンビニで一緒に選んだジュースとスナック菓子もテーブルに広げた。冷凍庫にはアイスも入っている。パーティーみたいと美寧々がはしゃぎ、わたしも学生時代に戻ったような気持ちになる。働き始めてから友人と会うのは仕事帰りの居酒屋ばかりになったけれど、学生時代はこうやってしょっちゅう誰かの家でお菓子を食べながらだらだらとおしゃべりしていた。そういう時に話題にのぼるのは、誰かの悪口と、それからやっぱり、恋バナだった。

「ねえー恋バナー」

一枚目のピザを手に取るうちから脈絡なく美寧々にねだられ、苦笑する。

「いいけどそんな、おもしろい話できないよ。遥矢とはふつうに、ふつうの感じだし」

「遥矢さんっていうんだ。元々大学のお友だちだったんでしょ？　そこから恋をしたんだ。絶対素敵だと思う」

興奮する美寧々に、わたしと遥矢のあらましを伝えた。大学時代に同じフットサルサークルに所属していたこと、学生時代はただの友人同士だったこと、会社は違うけれどお互い食品を取り扱うメーカーに就職し、配属された勤務場所も都内で近かったことから、二人で飲みに行く機会が増え、好意を抱くようになったこと。

「ねえそれってどうして好意を抱いたって分かったの？　きゅんっとしたの？」

差し挟まれた美寧々の問いに面食らう。

「きゅんっと……したんだろうね、もうあんまり覚えてないんだけど」

「今はしないの？　なんで？　遥矢さんもきゅんってしてなさそう？」

立て続けに問いかけられて、答えに窮する。きゅんっとするかしないかなんて、もう長い間頭に浮かんだことのない、手放した感覚の話だった。遥矢の顔が頭に浮かぶ。けれど、そうだ。まさしくそれが問題なのだ。「相手の気持ちは分からないんだけど、どうかな」とごまかして、わたしもピザに手を伸ばす。チーズがもったりと伸びて箱に落ちた。

付き合い始めて三年と、関係が長くなってきたからなのか、わたしが二十代後半に差し掛かっているからなのか、周りから結婚の意思を問われる機会が増えた。大学時代の友人からも、職場の先輩からも、母からも姉からも、そしてとうとう、美寧々からも。結婚していなくても、恋人がいるならオープンにするのは当たり前だし、結婚という形を取らない人たちも母の世代と比べると増えたけれど、一方でこうして結婚意思の確認はされてしまう。

美寧々は二枚、三枚とピザを胃袋へ納めながら、いくらでも話を聞きたがった。一番記憶に残っているデートはどんなふうか、どんなプレゼントをあげたりもらったりしたか、普段はどこでどんなふうに過ごしているのか、会わない日もお互いのことを考えるのか。

「カレンダーに、お互いの予定書いてるんだね。素敵だあ。憧れる」

と、壁にかけたカレンダーを見上げてもいる。そこには「はるや：大阪出張」や「はるや：地元の友だちと遊ぶからいない」と書きつけてある。聞いても忘れてしまうから、メモしているだけなのだけど、美寧々は目を輝かせて見つめている。美寧々が求める話には、底に「お互いのことが大好きでしょうがない」が敷かれた二人が想定されていた。もちろん、わたしは遥矢が好きで大切だ。これからもお互いを頼りにして生きていきたいと思っている。

そんなふうに話すと、美寧々は自分が愛の告白を受けたみたいに頬を染め、いいなあ、とつぶやいた。心の底から「いい」と思っている様子だった。うっとりとしたまま、「そろそろ結婚するんでしょ？　お母さんが言ってたよ。来月の知星ちゃんの誕生日あたり、プロポーズされちゃうんじゃない？　って」

すっと表情が硬くなったわたしの顔に、美寧々が敏感に反応する。どうしたの、と瞬きで促され、ため息をつく。いつの間にこんなに大人びた仕草をするようになったんだろう。この子は今十四歳だ。子どもだけど幼子ではない。きらきらしたロマンチックな話が求められているのは理解しているけれど、そうではない話を伝えられる身近な大人がわたしだけだとしたら、希望に沿う物語を語れなくてもいいのかもしれない。

「プロポーズされたくなくて」

そう切り出した。結婚したくないわけではない。事実婚という関係を目指しているわけでもない。ただ、遥矢からプロポーズされたくないのだ。美寧々はますます分からないという顔をする。眉根を寄せた険しい表情に、彼女がまだ小学生だった頃、みんなで行ったファミレスでお子様用のメニューを開いて悩んでいたのもかわいかったな、結局いつも小さなババロアが付いてくるドリアのセットを選んでいて、と思い出す。

わたしが欲しいのは、多分あれだ。なにが一番おいしいだろうと真剣に迷う子どもと、それを微笑ましく見つめて待つ家族。姉は美寧々と話す時はお母さんになって、わたしと話す時はお姉ちゃんになった。母と話す時は娘になり、義兄と話す時はパートナーになるのだろう。全部がちょっとずつずれて重なっているようなあり方が、ファミレスの同じテーブルでごちゃまぜになっていた。あの感じが、わたしは好きだった。自分もあんなふうに家族を作りたい。結婚はしたい。だけど、プロポーズはされたくない。

「なんで？」

今日何度目かの「なんで」を、美寧々はやや呆れたように繰り出した。わたしだって、わたしに困っている。

「ロマンチックなのが、嫌だから」

どうしても、と付け足した自分の声は少し震えていた。

大学生の頃から遥矢が好きだった。恋人関係に進んだのは、美寧々に説明したとおり社会人になってからのことだったけれど、大学二年の頃にはもう、彼が好きだった。

彼の家までつけたことがある。新歓かなにか飲み会の帰りで、春だった。大学の近くの居酒屋でみんなでお酒を飲んで、二次会でカラオケに行って、終電がなくなる前に解散した。誰かの部屋に流れて朝まで飲みなおすという人たちもいて、散り散りにそれぞれが別れていくうち、手を振って一人で歩きだす遥矢が目に留まった。遥矢は普段、自転車かバスで通学していたけれど、その日は歩いて帰るようだった。酔い覚ましの意味もあったのかもしれない。生あたたかい春の夜道を、ゆったりした足取りで進んでいた。わたしはそれを、建物五つ分くらいの間隔をあけてつけた。二年も同じサークルにいたから、遥矢が住んでいるおおよその場所は分かっていたけれど、正確な住所までは知らなかった。

三十分くらいだろうか。遥矢は地下鉄で二駅分の距離を大通りに沿って歩き、ふいに迷いのない速度で細い道へ折れて入った。そこからはわたしも更に距離をとって、決して見つからないように、慎重に後をつけた。深夜で、酔ってもいて、体はだるく足は重たかった。それでも頭はかっかと静かに燃えていて、遥矢が吸い込まれていった三階建てのアパートを見つめると、腹の奥の方が熱くなるのを感じた。しばらくして、二階の右から四つ目の窓の明かりがつき、窓際に遥矢の影が見えた。すぐにさっとカーテンが引かれ、部屋の中は見えなくなってしまう。わたしはスマホの地図アプリを開いて、自分が立っている場所を確認した。住所をコピーし、スクリーンショットを撮って地図のイメージも記録した。

自分の学生アパートへ戻る道すがら、わたしはずっと遥矢のことを考えていた。彼のことがたまらなく好きだった。けれどわたしたちは同じサークルの友だち同士で、卒業までまだ二年もあって、和を乱したくなかったし、遥矢には別の大学に通う恋人がいることも知っていた。それでも、それでいても。寝ても覚めても、あなたのことばかり考えてしまう。家までつけるなんて良くないと分かっていて、でも「ばれない」方に賭けて、自分の欲望を優先してしまう。あの頃、わたしがしていた恋はそういうものだった。

それから何度も、遥矢のアパートの前まで行った。いつも夜中だった。わたしが抱えていた恋愛感情は夜になるほど疼き、自分の行動を制御できなくなった。歩いて行くには少し遠かったから自転車を使って、大通りのコンビニの前にそれを停めて、細い路地は音を立てないように徒歩で進んだ。アパートを見上げられる距離まで近付いて、二階の右から四番目の窓に明かりがついているかどうかを見る。いないのか、もう眠っているのか分からない暗い部屋を見上げるよりは、カーテンの隙間から漏れる光を見つけた時の方が心は安らいだ。姿は見られずともそこにいるのだと感じることで、遥矢が好きで、とても好きで、わたしは今恋をしていて、といったことがいちいち言葉になって頭に浮かんだ。自分の心や気持ちを確認するために強制的に言語化しているみたいだった。大急ぎで確認するための言語化だから、平易でどこでも聞いたことのある、率直な言い回しになる。とても好き。大好き。今すぐ会いたい。声が聞きたい。一度だって呼び鈴を鳴らすことはなかったけど。

あの頃のことを、遥矢に話したことはない。引かれて嫌われてしまうのが怖いからではない。彼だったらもしかしたら、そんなに前から自分のことを大好きでいてくれたなんて、と感動しかねないからだ。

「ロマンチックが嫌って、どういうこと？」

美寧々は、なんで？　とつぶやき、口を薄く開いたままぽかんとわたしを見つめた。その表情の中に非難の色はなく、純粋な「分からない」だけがまっすぐわたしに注がれた。その視線から一時退避するために、うーん、と苦笑いでごまかし、グラスに手を伸ばす。

「知星ちゃんは結婚したくない？」

美寧々はそう口にした後ではっとした表情を浮かべ、「もちろん、結婚はしないままっていう関係を選ぶ人もいるのは、知ってるけど」と早口で言い添えた。今の中学校ではそういうこともきちんと伝えているのだな、と合点する。もちろん家で姉や義兄が伝えているのかもしれないし、美寧々が触れるコンテンツからのメッセージとしてそれらを受け取っているのかもしれない。感心しながらも、不満げに少しとがらせた唇をそっとジュースの入ったグラスにつけている美寧々に、年相応の幼さを認めつつ、この後どんなふうに話をするべきだろうかと頭を巡らせた。

「遥矢のことは、とても好きで、」

そう漏らすと、美寧々の目がぱっと輝いた。

「でもちょっと、ロマンチックすぎるっていうか、もう三年も付き合ってるのに、ずっと恋愛を始めたばかりの雰囲気があるっていうか。わたしに悲しい目に遭わないでほしいとか、困った時はいつでもそばにいてあげたいとか、言ってくるのね。別にその時わたしが悲しい目に遭ってるとか、困っているわけではないのに、想像でこんな悪いことが起きたら助けてあげる、みたいなことを。初めの頃は嬉しかったんだけど、これから結婚して、一緒に住んで生活をともにしていく人に、こんなこと言われ続けるのは、しんどいなあと思って。プロポーズされるとしたら、それこそ、一生なにがあっても守ってみせるとか、世界を敵にまわしても君の味方でいるとか……遥矢なら言い出しかねなくて」

と続けて、わたしはまた説明を間違ったかもしれないと焦る。これまでにもこの悩みを友だちに話したことがあるけれど、照れ隠しや惚気だとみなされて、まるで取り合ってもらえなかった。またまたあ、そんなこと言って。そう流されてしまうのだ。

働き始めて数年の間に、わたしのロマンチックは解けて行った。なにか大きなきっかけがあったわけではなく、意識もしないうちに自然と、相手のことが好きでたまらないからって、夜中にこっそり部屋の窓を見に行ってたのっておかしかったんだ、と気づいた。頭では理解していたことに、心が追い付いた感覚だった。そんなことをしていた自分にぞっとするし、ストーカー被害のニュースを目にする度に、あの加害者は自分だったかもしれないと恐ろしくなった。好きという気持ちが、自分の制御外に出てしまうこと、溢《あふ》れ出た思いを、冷静ではない言葉に乗せて相手に伝えることに、自己嫌悪を含んだ不快を感じてしまう。

美寧々の様子を窺うと、険しい表情をしているけれどこちらをからかう素振りはない。視線をやや下げてピザが載った皿を見つめている。それから、「ごめんね、分からない」とつぶやいた。きっぱりとした口調だった。

「遥矢さんには会ったことないけど、知星ちゃんに悲しい目に遭わないでほしいとか助けてあげたいとか、それって全部好きっていう意味だよね。わたしも、学校で習ったばかりだから間違っていたらごめんだけど、好きを、好き以外の言葉で言い換えてるだけなんじゃないのかなあって、思ったよ」

言い聞かせるようにそう告げられて、思わず顔が赤くなる。ごまかすためにグラスを手に取った。中身はサイダーだ。美寧々が飲みたいって言ったから。ビールでもチューハイでもなく、炭酸のジュースだけでピザを食べるなんていつぶりだろう。子ども時代に戻ったみたいなパーティーなのに、わたしは今子どもに諭されている。グラスの中身を飲み干して立ち上がり、冷蔵庫から追加の飲み物を取り出す。美寧々が「知星ちゃーん、わたしもおかわりー」と明るい声をあげたのに救われた。

すっかり冷えてしまった最後のピザに手を伸ばしながら、美寧々が首を傾げた。

「知星ちゃんって、うちのお母さんたちのプロポーズがどんなふうだったか聞いたことある?」

「そういえば、聞いたことないかも」

姉は結婚してすぐに美寧々を妊娠した。姉も義兄も二十代の早いうちに子どもが欲しいという希望が一致していたという話は聞いたことがあったけれど、プロポーズがどんなふうだったかなんて、考えてみたこともなかった。美寧々が大げさなため息をつく。

「覚えてないんだって。信じられる？　流れで結婚のこと進めようって、そんなだったかなあとか、言うんだよ。照れて隠してるんじゃなくて本当に、特別なプロポーズはなかったんだって」

「そうなんだ。お姉ちゃんたちの場合は、結婚する前提で付き合い始めただろうから、改めてプロポーズっていう形はとらなかったのかもね」

今後のスケジュールとして粛々と結婚の話が進んだのなら、わたしからすると少し羨ましい。姉と義兄は仲がいいけれど、昔からの友人同士のようなカラッとした空気があって、甘い言葉を囁《ささや》き合う姿は想像できない。

「お母さんやおばあちゃんの世代の人たちのほとんどが、マッチング恋愛をしてたことは知ってるよ。スマホのアプリを使ったり、対面のマッチング会があったりしたんでしょ。何歳で結婚したいとか、子どもが欲しいとか欲しくないとか、仕事はなにをしてて、長男や長女じゃないかとか、実家が近いとか遠いとか、家にいるのが好きか、外に出かけるのが好きかとか。出会う前からお互いに条件を設定して、条件が合う人とだけ出会ってたのって……合理的で古いなって、思う。わたしはそれは、今あったら嫌だし、自分だったらやりたくないけど、昔はそれが普通だったんだよね。だからその頃のことを悪く言うつもりはなくって。でも今は、違うでしょ。人を大切に思う気持ちを、

郵 便 は が き

料金受取人払郵便

小石川局承認

1144

差出有効期間
令和8年3月
31日まで

112-8731

〈受取人〉
東京都文京区
音羽二―一二―二一
㈱講談社
文芸第一出版部 行

ご購読ありがとうございます。今後の出版企画の参考にさせていただくため、アンケートにご協力いただければ幸いです。

お名前

ご住所

電話番号

このアンケートのお答えを、小社の広告などに用いさせていただく場合がありますが、よろしいでしょうか？　いずれかに○をおつけください。

【 YES　NO　匿名ならYES 】

＊ご記入いただいた個人情報は、上記の目的以外には使用いたしません。

TY 000072-2401

書名

Q1. この本が刊行されたことをなにで知りましたか。できるだけ具体的にお書きください。

Q2. どこで購入されましたか。

1. 書店(具体的に：　　　　　　　　　　　　　　　　　　　　　　)

2. ネット書店(具体的に：　　　　　　　　　　　　　　　　　　　)

Q3. 購入された動機を教えてください。

1. 好きな著者だった　2. 気になるタイトルだった　3. 好きな装丁だった

4. 気になるテーマだった　5. 売れてそうだった・話題になっていた

6 .SNSやwebで知って面白そうだった　7. その他(　　　　　　　　　　　)

Q4. 好きな作家、好きな作品を教えてください。

Q5. 好きなテレビ、ラジオ番組、サイトを教えてください。

■この本のご感想、著者へのメッセージなどをご自由にお書きください。

ご職業　　性別　　年齢

10代・20代・30代・40代・50代・60代・70代・80代～

大事にして、ちゃんと言葉にして相手に伝えて、それで生活をずっと一緒にしたい人を探す恋愛をするのが、本来の人間らしい心で、とても良いことなんだよ」

学校で教えられたことを、ずいぶん素直に呑み込んでいるんだな、と感心する。大人に言い聞かされたことに反発したくなる年ごろじゃないかと思うのだけれど、もしかしたら美寧々の言うとおり、本来の人間の心に寄り添った内容だから、まっすぐに受け止められているのかもしれない。

人を愛するって、誰かと生きていくって、条件でマッチングするばかりではないよね。人を愛する気持ちが大切。尊くてすばらしい。わたしたち、恋をするから強くなれる。あなたのために、わたしはわたしらしくいられる。そんなふうに、学校教育に「人を愛するすばらしさ」が大きく取り入れられた。人を愛することはすばらしいってみんなで語り合おう。恋の話は隠れてすることじゃない。友だちとも家族とも、みんなで恋の話をしよう。

それはわたしの中高時代から徐々に学校で教えられ始めたことだったけれど、授業の中で大人が言っているだけという感じで、心に浸透はしなかった。そんなことといっても結局は大人になったらマッチング恋愛を選ぶんだろうな、という感覚。けれど今、二十六歳になるわたしの周りで、マッチング恋愛を選ぶ人は少なくなってきている。心を開いて、条件を設定せずに直接広く出会い、ぴんっときたら関係を深める。そういう恋愛。美寧々の世代からすると「これが今一番新しい恋愛」らしい。

いくつかの否定の言葉が、頭の中をぐるぐると飛び回ったけれど、そのどれもが、これからを生きる美寧々に手渡すにはふさわしくないものだった。それならばわたしが彼女から受け取るべきなのだろう。

「そうだね、わたしもそうだと思う」

覚悟を決めて美寧々に同意し、冷凍庫からアイスを取り出す。

「今度は美寧々の話を聞かせて。今、好きな人いるの？」

スプーンとアイスを手渡しながら尋ねると、美寧々は「今の好きな人はね、」と花が咲いたように話し始めた。その可憐さは正しく見えた。


初めて恋人ができたのは中学生の時だ。一年の時同じクラスで、一緒に文化祭の委員をしていた子で、バスケ部で、細く伸びた背中とところころ変わる表情が素敵だった。二年生の夏休み明けに、わたしから告白をして、付き合うことになった。

わたしたちは自分用のスマホを持っていなくて、家に固定電話もなかったから、手紙でやりとりをしていた。郵送ではなく、お互いの靴箱に差し入れていた。手渡しは恥ずかしくてできなかった。誰も見ていない時にそっと、手紙のやりとり。イラストがかわいいメモ帳を集めるのが好きでたくさん持っていたけど、それを使うのもなんだか恥ずかしくて、シンプルなルーズリーフを半分に切った紙に黒色のペンで書いていた。相手の子もそうだった。

部活が終わる時間はばらばらだったし、たまたま重なったところで、一緒に帰るなんてできなかった。付き合う前の方が仲良しだったね、と友だちに言われた。一度だけ手紙で約束をして、日曜日の公園に行った。広場でイベントが開かれるような大きな公園で、その日はなにも催しはなかったけれど、家族連れが大勢いた。わたしたちは自転車でそこまで行って、どこに座るわけでもなく、広い公園の中を端から端までひたすら歩いていた。知り合いの目はなかったのに、それでも呼吸をするのに音を立てることすら恥ずかしく、会話もぽつりぽつりとつぶやくように交わしただけだった。

『でも、一緒にいられて幸せだった。隣で歩いてるだけで、こんなに幸せなんだってびっくりした』

次の日の手紙に、そう書かれていた。わたしもおんなじ気持ちだった！　驚いたし、うれしかった。廊下ですれ違う時に目も合わせられないのに、手紙の中では素直でいられた。わたしも、そう。わたしも、幸せだった。そう返事を書いた。

『ちほのこと、守りたいって思う。世界がどんな風になっても、どんな敵が現れても、絶対』

だからその手紙だって別に、変なことではなかった。書かれていることが実現されるかどうかが重要なのではなくて、約束でもなくて、それらは全て「好き」の言い換えだったから、彼がわたしのことを好きだと思ってくれていることが伝わる言葉だったら、なんでもよかったはずだったのに、それを読んだ時にすっと心が引いていったのが分かった。嘘つき、と思ってしまった。

大人になった今、あの手紙のことを思い出すと少し微笑ましい。お互いに漫画やドラマや小説といった、架空の世界から借りてきた言葉でやりとりをしていた。守りたいって思う、なんて言われたのは中学生のあの時が最初で最後だった。十代も後半になると、あんなそらぞらしいことは口にできない。どこかから借りた言葉で恋愛感情について語り合う方法は引き継がれていたけれど、引用する言葉の強度は変化していた。

わたしのことを守りたいという手紙を受け取った後で、わたしは彼に別れたいと申し出た。それも手紙だった。理由は書かず、ただ『ごめんなさい』と書いた。返事はなかった。廊下ですれ違う時に目が合わないのは、付き合っている間もその後も変わらなかった。

中学を卒業して、高校は別々の学校へ進学し、以降一度も会う機会はなかった。大学生になってから、ＳＮＳ経由でメッセージが届いた。わたしは東京の大学に、彼は地元の大学に進学していた。近況報告と、懐かしくなってメッセージを送ってみたこと、返事があって嬉しいこと、それから、今度地元に帰って来た時よかったらごはんでも食べに行こうよというお誘い。

その時、わたしは誰とも付き合っていなかったし、一度は素敵だと思った彼への気持ちが半分に切ったルーズリーフの上で止まっている感覚があったから、会ってみてもよかったのだろうけれど、そこには確実に下心が透けて見えていて、それ自体はこちらだって別に抱いていない感情ではないからいいのだけれど、その下心をめくった中に『守りたいって思う』がちらついてしまって、やっぱりだめだった。

〈ごめん、やめとくー〉とあえて軽いふうを装って返事をすると、〈了解。残念〉と返ってきた。今度は返事があった、と思って、なるほど自分は、別れたいと申し出た側のくせに、返事がなかったことに傷ついていたのだと、数年越しに気付いた。

ルーズリーフの手紙の『守りたい』も、深夜に遥矢のアパートの明かりを確認していたわたしも、どちらも今はもうないし、遠いし、そもそもそんなこと、遥矢には関係ない。

　遥矢は就職と同時に学生の頃住んでいたアパートを出て、職場の近くの賃貸マンションに引っ越した。学生時代よりも少し広いだけのその部屋で、わたしたちはしょっちゅう映画を見て過ごした。スナック菓子に手を伸ばして、一袋でも二袋でも食べていたけれど、若かったので胃もたれはしなかったし太ることもなかった。気になるとしたらお金のことで、一袋百五十円のポテトチップスを二袋は食べすぎたなと、胃ではなく財布の方でそれをはかった。二人とも特別映画好きというわけではないのに、やることがなくなって、でも二人別々のことはしたくないという時、眠ってそれぞれが一人の世界へ行くまでの時間を潰すのに、二時間や三時間の間に事件が起こり解決する、そういう映画は役に立った。

　遥矢のパソコンの小さな画面で映画を見る時、映画館で一人で見る時よりもわたしは泣いた。あの頃はそれを、彼の前では素直な自分でいられる、みたいに思っていたのだけれど、はたして、我慢できる涙まで流す必要があっただろうか。わたしは涙を流して泣くと、その後でだいたい片頭痛になるので、泣かないで済むに越したことはない。泣かなくたって、心が動いていればそれでいいはずだった。あの時の涙は、遥矢に向けられていた。わたしが涙を流すと遥矢は心なしか嬉しそうな顔をして、それを指で拭った。指で追いつかない時は服の袖や、慌てて引き抜いたティッシュペーパーをわたしの顔に押し付けた。そうしている彼自身も涙を流していることがあった。うちらってすぐ泣くね。わたしがそう言って笑い、遥矢が、いいことじゃん、と微笑んで受け止めた。

わたしも遥矢の泣き顔を見られて嬉しかった。大人の泣き顔には迫力がある。遠慮なく流れる涙に反して、表情は抑制されている。同じものを見て同じ感動ができること、同じように心が動いていること、それを互いに伝え合うために涙を隠そうとせず、むしろ見せつけるようにして流し合えること。わたしはあれが、気持ちよくて大好きだった。

一人で映画館に行った時は、鼻水をすする音を立てるのが恥ずかしいからなるべく泣かないように我慢するし、それでも涙が溢れたら、頬に到達する前にさっさと拭う。ハンカチかティッシュを目尻に押し当てて涙を吸わせる。周りの席の人に見られるのはなんだか嫌だから、急いで。遥矢と二人でいる時とは違う。

なんの映画だっただろうか。見終えた後で、遥矢が言った。

「おれもこんなふうに、世界がどんなに変わっても、ずっと知星のこと好きだよ。なんでだろうな。この先のことなんてなにも分からないのに、それだけは絶対そうだって思える」

あれに、わたしはなんて答えたんだったっけ。わたしも、と頷いたんだっけ。絶対とか分かんないじゃん、って首を振ったんだっけ。後者の方がありえそうだ。そんなことないよ、絶対に絶対だよ、ってそういう、追加の言葉をいくらでも欲しがっていたから。

そういうのもういらないなって、自分の欲が他に向いていると気付いた時、初めは遥矢のことを好きではなくなってしまったのだと思った。これまでにも身に覚えがある感覚だった。十代の頃から何度も訪れ、その度に自分の底を浚《さら》われたような虚しさを覚えた、あの繰り返し。わたしはこの人のことが大好きで仕方なかったのに、今度こそ絶対、いつまでもずっと消えずに変わらない気持ちだと確信していたのに、結局また醒めてしまうのだという、自分への失望のとっかかり。

けれどそれは違っていた。遥矢のことは変わらず好きだった。いや、変わらずというのは違うのかもしれない。変わったけれど好きだった。それは他の人たちが使ってきた言葉を借りるのなら、落ち着いたとか、恋愛が親愛や家族愛に変わったとか、そういう表現になるのかもしれないけれど、感覚としては少し違う。情だけが残ったのだ。感情の中から恋愛が抜けて、わたしが持てる限りの他者への情だけが残った。元々あったものから、ある種類の欲だけが抜けた残りだ。それが以前とまるきり触り心地が異なるから、違う感情みたいに見えるだけだ。

先月、遥矢と二人で京都に旅行した。訪れた神社で結婚式をしていて、他の多くの観光客と一緒に遠目にそれを眺めた。白無垢の新婦にばかり目がいってしまい、新郎やその他のことはあまり記憶に残っていないのだけれど、遥矢が他人の幸せを願う時の顔のままで、「いいなあ、ああいうの。神様に誓うってことだよな」とつぶやいたのは覚えている。本心かどうかは分からないが、少なくともわたしに聞かせるために、彼がそれを口にしたということを。

そういうのってロマンチックだ。

半笑いの気持ちでそれを受け取った自分を自覚した。このまま彼のロマンチックを受け取り続けたら、重なっていったら、今ある情の上に折り重ねてしまったら、元々恋愛感情があった箇所に余計な澱として溜まってしまったら。それこそ本当に、別種類の感情に変化してしまうんじゃないか。そんなふうに思った。

だけどこれって傲慢だ。わたしもロマンチックだったはずなのに、いつの間に距離を取るようになってしまったんだろう。冷静な大人ぶってズルい。遥矢が住んでいたアパートの二階の窓の、内側の光を抑え込むカーテンの姿を、まだ鮮明に思い出せるくせに。

寝がえりを打った美寧々の肩に、ずれてしまった布団をかけてやる。今日は何時までも起きていていいと聞いて喜んでいたのに、結局日付が変わる前に眠ってしまった。テーブルの上のお菓子の食べ残しを片付けて、照明を落とし、スマホを見ると遥矢からメッセージが届いていた。

〈姪っ子さんとはどう？　楽しかった？〉

遥矢はわたしが誰かと会ったりどこかに出かけたりした時、必ず「楽しかった？」と聞いてくる。わたしが楽しかったかを知りたいと思ってくれている、そのことがうれしいと、今はまだ思える。

〈もう寝ちゃった。でも楽しかったよ。ピザ食べた〉

返信の代わりに電話がかかってくる。振動するスマホを手のひらで包んで、眠る美寧々から離れた。といってもワンルームのマンションなので、玄関しか行先がない。部屋と玄関前の廊下を仕切るドアをそっと閉め、玄関の扉に向かってしゃがみ込んだ。自分と美寧々の靴が並んでいるのを見下ろしながら、小声で応答する。

「美寧々を起こしちゃいそうだから、あんまり話できないよ」

「ああうん、ごめん。この週末は会えないからちょっと話したかった。すぐ切るけど、来月の誕生日のことだけ。先輩がおいしいフレンチの店を教えてくれたから、そこを予約しようと思うんだけどいい？」

「あー、うん、ありがとう。お願いするね」

「知星ももう寝る？　おやすみ」

電話が切れてからも、しばらくその画面を見つめていた。来月のわたしの誕生日。ちょっと高級な、いい雰囲気のレストラン。それを薦めてくれた先輩というのは、遥矢が以前から「早く結婚しろよって先輩にも言われちゃった」と話していた人だろう。

ああ、多分、わたしはその時にプロポーズされるのだな。腑に落ちて、腹の底が冷える。

遥矢と結婚するためには、あるいは、これからもわたしが彼を大切なままで、一緒に生活していくためには、絶対に、ロマンチックを回避しなければならなかった。一生に一度しか使わないような愛の言葉も、美寧々の言うところの「好きの言い換え」には違いないのだけれど、わたしは言葉が通わない人と暮らすのはさみしい。お互いに通じ合う言葉で、お互いの話がしたかった。

素早くスマホ画面を操作する。遥矢はワンコールもしないうちに出た。

「もしもし？　どうしたの、知星」

「あのね遥矢、結婚しようよ」

すうっと息を呑む音が聞こえた。スマホをぐっと強く耳に当て、向こう側で驚き以上の、計画を台無しにされた怒りとか苛立ちの気配がないだろうか、と探る。そんなことを探るくらいだったら、もっとちゃんと、好きだとかこれからもずっと一緒にいたいとか、そんな言葉で伝えればいいのに、わたしは探る。それから、

「もし遥矢も結婚に同意するなら、今後の手続きのこととかは、一度会って相談して、決めていきたいと思ってる」

と試すみたいに続けた。遥矢がふっと笑う音がした。

「今から話す？　これからそっちに行こうか？」

「ううん。今は話さない。美寧々と一緒にもう寝る」

「分かった。じゃあ、ゆっくりお休み」

暗い部屋の中、スマホのライトでカレンダーを照らす。来週の土日のところに「はるやと話す」と書くと、落ち着いた。

足音を忍ばせて美寧々の隣に戻り、布団の中に滑り込む。ゆっくりお休みと言う、それだって好きの言い換えなんだろう。そんな言葉だけで、ロマンチックな言葉を囁き合うことはしないで、わたしたちはやっていけるだろうか。頭から下りて体中にまわった

熱で、胃で溶けつつあるピザを吐いてしまいそうだった。胃の辺りを手で押さえたまま、すぐ隣に感じる若い生きものの息づかいを頼るように、眠りに落ちて行った。

翌日、美寧々が買い物に行きたいというので池袋のサンシャインシティに出かけ、昼はナイフとフォークを使って切り分けるタイプのハンバーガーを食べた。「これどうやってもぐちゃぐちゃになっちゃうね」と言い合い、ミートとトマトとレタスに分解されたハンバーガーをつまみながら、昨日の夜、遥矢と電話したことを伝えた。

美寧々がぽうっとした恍惚の表情で、素敵、とつぶやく。

「すごいね、知星ちゃん。よかったね。結婚するんだね」

心なしか目が潤んでもいて、わたしは反射的に手を伸ばして美寧々の頭をなでた。もう中学生の彼女に、こんな扱いは失礼だったろうかとすぐに後悔して、手を離す。美寧々はなでられたことも、それを不自然に止められたことにもこだわらない様子で、うっとりと微笑んでいる。

「結婚が全てじゃないって、学校では習うけど、やっぱり素敵だと思っちゃうな。ずっと一緒にいようって相手に伝えるってことは、それはもう好きの言い換えじゃなくて、愛してるとかそういうことだと思うから」

愛してる、という強い響きにぎょっとしながら、そうだ自分は昨日の夜その言葉が自分から出ることも、遥矢から出ることも許さないために、緊張した空気を張り詰めさせていて、それはきっと成功したんだなと思い返した。わたしは、欲しい言葉を差し出せる人ではなくて、欲しくない言葉を突き付けてこない人と暮らしていきたいのだ。

昼食の後もいくつかの店をまわって、美寧々は自分のお小遣いで、髪に付ける小物とスマホケースに貼るアクリルシールを買った。わたしが服を買ってあげるよと言うと、「お母さんが、知星ちゃんはすぐ何か買ってくれようとするだろうけど、甘えちゃだめだって」と笑われたので、お見通しだねーと照れて、だけど結局、スカートを一着プレゼントした。

「お母さんから、連絡こないね」

十七時を過ぎた頃だった。歩き疲れ、美寧々と二人でカフェに入った。窓に近い席で向かい合って座り、ぼんやりと往来を眺めていた。夕飯にはまだ早いけれど、何時頃に帰るね、とそろそろ連絡が入ってもいい頃だ。「仕事長引いてるのかな」とつぶやくと、美寧々が「えっ?」と驚いた声をあげた。

「お母さん、今日、仕事じゃないよ。知星ちゃん、仕事って言われてたの?」

「あ、ううん。遠出するからって聞いてたけど、仕事の出張なのかなって思ってた。前にもあったでしょ、博多とか札幌に泊まりがけで行ってたこと」

「あるけど、今回のは仕事じゃないよ。お父さんに恋人ができたから、その人と話をしに行ってるんだよ」

はあ？　と大きな声が出てしまう。周りの視線を気にして声を潜める。

「待って。なに、どういうこと？　お父さん浮気してるの？」

義兄の顔が浮かぶ。姉より三歳年上だから、四十歳を過ぎているはずだ。年相応に疲れた目元に、シャツの上からでも分かるほど肉付きのいい腹回りをしている。遊びに行くと、「知星ちゃん今働いて何年目？　えーもうそんなにかー、早いなあ。なんかおれ最近、若い子に指導する時、知星ちゃんの顔浮かんじゃって特別優しく対応しちゃうんだよね」などと言って、顔をほころばせて笑う。あの大らかで優しい義兄が、浮気？

唐突にもたらされた情報と、それをなんでもないことのように口にしている美寧々の様子の両方について行けずに、えっ、えっ、と混乱していたら、美寧々がわたしの名前を呼んだ。知星ちゃん、落ち着いてよ。そんなふうに微笑まれて、すうっと血の気が引く。この子は、どうしたんだろう。まるで無知な子どもを導く準備をしている、大人の代理人みたいな顔をして。

「やっぱり姉妹だね。お母さんもそんな感じの反応だった。えっえっどういうこと？

って。ねえ、そのびっくりしてるのって、お父さんだから？　あんなおじさん、もう恋愛なんてできないって思ったから？　わたしはねえ、そうだった。それでびっくりした。お父さんみたいなおじさんでも、まだ人を好きになることがあるんだ！　って驚いた。それでね、すごく感動したよ」

感動、と美寧々が言ったことに、愕然として開きかけた口を閉じる。

「浮気するためのマッチングを使ったんじゃないんだよ。仕事で関わった人で、転職で引っ越して、今は熊本にいるんだって。それでお父さんは、毎月は無理だけど仕事が休めたら時々、熊本に会いに行きたいみたい。お母さんと離婚して向こうに引っ越したいとかじゃなくて。だって仕事もあるもんね。生活はわたしとお母さんと続けるよ。でも、ただ、恋をしたんだって」

「なにそれは……、お父さんが言ってたの？」

当たり前じゃん、と美寧々が破顔する。あーおかしい、とでも言い出しそうな様子だった。

「お母さんには隠してたけど、わたしはお父さんから全部聞いてたよ。マッチングしたお母さんのことは大切だけど、その熊本の女の人には初めて恋愛をしてるんだって。好きだって思いが、弾けて止まらないんだって。少しの時間でも一緒にいたいと思うし、なにをするわけじゃなくても、ずっと笑っていてほしいって、そう思うんだって。わたしね、何歳になっても、親になっても、まだ恋愛ができるって、すっごく素敵なことだと思う。ロマンチックだなーって」

姉からの連絡はまだこない。遠くで救急車のサイレンが聞こえた。見えないものを見るように、美寧々が音のする方に頭を傾ける。救急車が走る大きな通りは、人波に遮られてここからは見えない。人がたくさん、たくさんいる。この人たちみんな、誰かを大切に思ったり、思われたり、している人なんだろうか。その大切は、いつまで続くものだろう。あるいは、いつ始まるものなんだろう。

遠くを見渡すように目を細めている、美寧々の横顔が美しい。赤い頬は今まさに恋している人みたいだった。彼女がこれから生きるこの世界の恋愛。サイレンはまだ鳴っている。前からも後ろからも聞こえるみたいで、わたしは落ち着きなくきょろきょろと、見えない音の正体を探してしまう。

あしたの待ち合わせ

メダカが死んじゃった、とSNSでつぶやいた翌日の夜に、充電器に差して床に直置きしていたスマホが振動すると、かな子は画面も見ないうちから、ああまた狛村《こまむら》くんからのメールだ、と思った。また、というほど頻繁ではなく、実際には年に一回か二回しかメールはこないのだけど、他の友だちからの連絡はLINEなので、マナーモードにしているスマホの振動の仕方がちょっと違う。LINEはブーで、メールはブブー。ブブーと鳴らすのは、迷惑メールと狛村くんだけだった。

〈かな子ちゃん、久しぶり。元気？　おれは半年前に転勤になって、今は横浜に住んでます。かな子ちゃんは変わらず東京だよね？　メダカは元気？〉

今回は十か月ぶりのメールだった。メダカを飼い始めたという話をしたのは、十か月前ではなくて、さらにその前だから……とメールの履歴をたどると、一年五か月前のことだった。

浮草とセットで売られていた二匹のメダカは、その時付き合っていた人と一緒に買った。近所を散歩中に通りかかった花屋で、「メダカ売ってる！」とはしゃいだ声を上げたのは二歳年下の彼の方だった。黒いもじゃもじゃの根っこを水中に垂らした浮草は、「夏の間に綺麗な花が咲きますよ」と店員に教えてもらったけれど、かな子の育て方が悪かったのか、花は咲かなかったし、夏が終わる前に緑色だった葉が端から茶色くなっていって枯れた。二匹いたメダカのうち一匹は、水槽の水が冷たくなる頃に死んだ。その時にはもう付き合っていた人とも別れていたので、かな子は一人で、死んだメダカをキッチンペーパーに拾い上げて、生ごみと一緒に捨てた。残りの一匹もすぐに死ぬだろうと思っていたけど、浮草もなくなった殺風景な水槽の中で生き続け、昨日、ようやく死んだのだった。

〈狛村くん、久しぶり。元気だよー。特になにも変わらず。でもメダカは死んじゃった〉

〈そうなんだ。さっき調べたら、メダカの寿命って二年くらいなんだね。無神経なこと聞いてごめん〉

〈ううん、全然〉そこまで文字を打って、次になんて続けようか、かな子の指が迷う。画面にぎりぎり触れないところで、親指がうろうろする。〈横浜って近いのにあんまり行ったことないな。住んでみてどう？〉かろうじて、そう続ける。

狛村くんが解説する横浜のいいところメールを流し読みしながら、でも絶対に「遊びにおいでよ」と誘われることはないと安心している。最後に狛村くんと会ったのは、大学を卒業して二年後、二人と同じ学科の友人が結婚した、その二次会のパーティー会場でのことで、以降八年間は一度も会っていない、ということになっている。久しぶりだね、と狛村くんは他の友だちにするのと同じような挨拶をかな子にしたけれど、頬は紅潮して目はぎらぎらきらめいていた。かな子の一挙手一投足を見落とすものか、という決意が見られた。ね、久しぶり。かな子は答えたけれど、実はそうではないと知っていた。かな子が狛村くんと顔を合わせるのは久しぶりだけれど、狛村くんは時々、かな子を見に来ている。

例えば、かな子がSNSで〈上野駅構内のガシャポンに、ずっと探してた家具のフィギュアがあるらしい〉とつぶやいた日、かな子は上野駅の構内で狛村くんを見かけた。それは日曜日で、上野にある動物園や美術館に出かけるたくさんの人間によって、駅の構内は息苦しいほどの人波だったのだけど、そのいくつも並ぶ頭頭頭のひとつに、確かに狛村くんがいた。学生時代から一度も染めたところを見たことがない黒髪。英語の教科書に出てくる、外国から来たお友だちと日本の文化について「興味深いね」と話し合う日本人の男の子。狛村くんはそういうイメージだ。どこに出しても恥ずかしくないかは分からないけど、教科書に載せても恥ずかしくない人。

上野駅で、かな子と狛村くんの目が合うことはなく、かな子が彼の姿を見つけてからすぐに、狛村くんはいなくなった。手近なホームに降りて行ったのだと思った。〈あの美術館の展示ちょっと気になる〉とつぶやいた時も、〈近所の神社でお祭りがあるみたい〉とつぶやいた時も、同じだった。他人の吐く息でいっぱいに満たされた空間の中で、そこだけ一段階ほの暗くなるようにして周囲から浮いているところに、狛村くんの姿はあった。かな子が見つけて、すぐに姿を見失ってしまうのも一緒だった。

幻のような仕方で現れていたけれど、あれは確かに現実の狛村くんだ、とかな子には確信がある。だって狛村くんは、ずっとかな子のことが好きなのだ。


好きだと言われたのは二回で、うち一回は人伝だった。大学での初めての夏が終わる頃、狛村くんと仲のいい別の男の子から、「あいつ、かな子ちゃんのこと好きらしいよ」と告げ口するように耳打ちされた。かな子は驚かなかった。狛村くんとは同じ学科の数人と時々飲みに行ったり、一人暮らし組で集まって鍋をしたりする、親しい友だちの一人だけど、向けられる視線や決して事故で触れてしまわないよう注意を払われている距離感から、自分のことが好きなのだろうということは分かっていたし、そのことをつまらなく思ってもいた。

　かな子は大学でうまくやっていた。京都の大学に進学して一人暮らしを始め、身近に友だちも頼れる人もいなかったから、嫌われてしまうわけにはいかなかった。人と人が、油断するとすぐ嫌ったり嫌われたりするということを、高校までの生活で学んだ。かな子はマスカラを塗らなくても濃いまつげにはっきりした二重の目で、クラスで一番背が低く、一番胸が大きかった。ろくに話もしないうちから、値踏みの済んだ顔でもてるでしょと言われる。男の子と仲良くなるよりも、まず女の子の友だちがほしかった。上品に見えてしまわないよう口を大きく開けてよく笑ったし、学科の噂話もたくさん聞いて、提供したし、みんなが集まる時はバイト帰りで疲れていても、遅れてでもなるべく参加した。仲間に入れてほしくて必死だった、その姿のかな子を好きになったのだとしたらやりきれない。だって誰からでも好かれるような態度を心がけていたのだから、好かれてしまって当然だ。そう思った。

　せっかく学科で仲間ができたところで、恋人などよりずっと難しく繊細な友だち関係が築けたのだから、そこで恋愛なんかを始めるつもりはもちろんなかった。下手なことしないでよ、というかな子の祈りが通じたのか、狛村くんは直接はなにも言ってこず、なにも仕掛けてはこなかった。だから、正確な意味で忘れていた。狛村くんがかな子を好きだということ。

いや、ずっと分かってはいた。向けられる視線や仕草ひとつひとつから受け取っていた。ただ、それを伝えてくる可能性がある人だということは、すっかり忘れていた。かな子にはそのうちバイト先で知り合った恋人ができたし、その話を学科の友だちにもしていたし、その人と別れて、学科の先輩と付き合い始めたことも、さらに別れて、別の大学の人と付き合ったことも、やっぱりみんなに話していた。友人だけが見られるように設定したSNSで、恋人と出かけたとつぶやき、二人で撮った写真を添付することもあった。SNSには、いつも一緒に遊ぶ学科の友だちがみんないた。狛村くんもいた。大学を卒業して三年経ち、五年経ち、十年が経った今、中に残っている友だちのアカウントは十五人だけで、大半は七年も八年も一言もつぶやいていない、死にアカウントだった。何人かは別のSNSでつながり直している。あっちの方、IDもパスワードも分からなくなっちゃって、見られないし消しもできないんだよね。分かる、仕方ないよね、だって十年以上前の、大学生の時に作ったアカウントだもん。

狛村くんの最後のつぶやきは八年前の、〈仕事終わらねー〉だった。プロフィール欄には「社会人三年目です！」とある。どう見ても死にアカウントだったけど、狛村くんは今でもこのアカウントを使っている。いつも見ている。

横浜の魅力を並べたてていた狛村くんからのメールは、かな子の〈えーめっちゃいいところだね！〉と一言に凝縮された飽きの表明におじけづいたように止まり、じゃあまたねとかなんとか、適当に流れて終わった。メダカが死んじゃったってつぶやきを見て、そんなの見てませんって素知らぬ顔でメダカは元気？　って聞いてくる方も奇妙だけど、どうせもう狛村くんぐらいしか見てないだろうなって分かっているＳＮＳで、時々つぶやくのを止《や》めない自分も、奇怪だ。

かな子はメールの画面を閉じて、ＳＮＳのアプリを立ち上げ、〈メダカのお墓を作りました〉とつぶやいた。鼻水が垂れてきたので、ティッシュでちーんとかみ、くしゃくしゃにまるめたティッシュを投げ入れたゴミ箱の、その中で昨日のメダカは死んでいる。わたしのお墓はこんなもんだろう、とかな子は思う。


「かな子ちゃんのことが好きで」

ふーん、と言いそうになって止めたんだった。かな子は、そうなんだ、とつぶやいた。狛村くんはそれを冷たく受け取ったかもしれないけれど、知ってたよそんなこと、と言われるのよりマシだろう。好きって伝えてくる人たちは、それを伝えられる側の気持ちの責任は取ってくれない。想像はするだろうし、推し量ることもあるのだろうけど、関係ないのだ。

その時、かな子と狛村くんは大学四年生だった。それぞれが内定を得て就活を終えた、夏だったと思う。一年の時から同じ学科のよく集まるグループにいて、休日に二人だけで遊びに行くことはなかったけど、四年になって履修した必修の授業が二つ重なっていたから、前後に昼食や夕食を二人で食べることが時々あった。たいていは学食で、たまに大学のそばの定食屋やカフェにも行った。その二つの授業を、狛村くんがかな子に合わせて履修しているのは分かっていた。二年の時も三年の時もそうだった。かな子ちゃん、選択はどの授業取る予定なの。確認されて、答えたとおりに、狛村くんも履修していた。彼は真面目で熱心な学生だったけれど、自分で選んだわけではない授業の、「先生が話していたあれがおもしろかった」などという会話をしながら、かな子は、この人がほんとうに興味があるものがなんなのか分からなくてこわかった。

二人が関わって三年以上の時間が流れ、そのうち丸四年になる。それだけの期間一緒にいて、まだ好きだと思われていることが、かな子には不思議だった。見た目と愛想のよさだけで好意を持たれたはじめの頃とは違って、かな子は狛村くんに、みんなで集まって雑魚寝をする時に歯を磨かないところも、あったかい感じの人間を無条件に信用できないところも、好きではない人ともセックスをすれば短距離走の息で愛情を抱けるところも、見せてきた。それは、友だちを作るのに必要な情報公開だった。仲間内で共有されている情報の中には、当然狛村くんがかな子のことを好きだというのも含まれていたけれど、あまりにも長いし、その割に狛村くんが決定的な行動には移さないからみんな飽きて、まあそうだよね知ってる、でもそれがなにか？　みたいな扱いになっていた。なのに今更、かな子ちゃんのことが好きで、などと言う。知っているくせに。かな子に恋人がいることも、その恋人ともどうせ長続きしないだろうということも。

まだ好きだって言ってくる狛村くんが、かな子は好きではなかった。いいかげんにしてほしかった。それで、つい、

「なんでまだ好きなの」

と、まさにうんざりしてますよ、というふうに口に出していた。傷つけただろうか、と瞬時に後悔して狛村くんの顔を見遣《みや》ると、狛村くんの目はらんらんとしたままで、

「ほんとうに。なんでだろう」

と真剣な不思議さで言うのだった。かな子は胸を衝かれる。苛烈な恋を受けた。受け取っただけで、見返りを求めてもいいいと思った。そのくらいの熱さだった。

「とても持っていられないくらい」

かな子が、自分のために囁くような言い方でつぶやくと、狛村くんはそれすら強引に

引き受けて、「分かる」と頷いた。その了解がかな子には許せず、だから自分には狛村くん相手に勝手をする資格があるのだ、と納得した。

大学を卒業した翌年、かな子は新卒で入社した会社の上司と不倫をした。同じ部署のマネージャーで、小学六年生と三年生の子どもがいる、しゃれた柄のネクタイをつけた人だった。職場の近くに借りたかな子のマンションでセックスをして、一時間もしないうちに慌ただしく帰り支度を始めるマネージャーが、シャツの襟を正したり、腕時計をつけたりするのを、かな子は下着だけ身につけた格好のまま見つめた。ちゃくちゃくとスーツ姿に整っていくマネージャーの隣で、一人だけ半裸でいるのはアンバランスに思えたけれど、部屋から出ないのに服を着直すのは変だったし、部屋着にしているユニクロのスウェットを着るのは、なんだかもっと嫌だった。マネージャーが「それじゃあ、また来るからね」と甘く優しく言い残して帰って行く。あの声が悪いのだ。仕事中の厳しく不機嫌そうな声と、同じ声なのに全く違って響く。あんなのは、彼の家では当たり前の声かもしれないのに。

テーブルに残った二つのグラスをシンクに運んで洗いながら、突発的に死んでしまおうか、と思い、死んでしまおうかと突発的に思ったんではなく、突発的に死んでしまおうかと思っているんですよ、と自分で自分に説明してしまっておかしくなる。グラスに付いた泡を水で流し、逆さにして伏せる。タオルで手を拭きながら、でも、狛村くんはまだわたしのことが好きだし、と投げつけるような気持ちで思いつく。グラスを手に持っていたら、実際に壁に投げつけて割ってしまっていたかもしれなかった。飛んできた虫が頬に止まったのを反射的に払いのける時のような、容赦のないスピードで湧き上がってきた感情だった。数日前にも、よく聴いているラジオの公開収録があるから見学に行くとSNSでつぶやいて、その最寄り駅で狛村くんの姿を目にしたばかりだった。

でも、だって、狛村くんはまだわたしのこと好きだし——その面倒さを受け取る代わりに、言い聞かせるようになったのは、あの頃からだ。かな子は大学から一人暮らしをしているので、実家を出て何年かと考える時、狛村くんが自分のことを好きになって何年経つかと同じだけ数えることになる。その数字が一つ増えていくほど、狛村くんは出会ったばかりの「好きになって当然の要素だけ表出していたかな子」を好きになってしまったこととの埋め合わせとして、その後に明らかになった中身を見た後でも、好きでい続けているのではないか、と思う。引くに引けなくなっただけだ、という考えに至った時かな子はほんのり安心した気持ちにもなる。

大学を卒業して一年が経った。でも、だって、狛村くんはまだわたしのこと好きだし。卒業して二年が経った、三年が経った、四年が経った。その間に、かな子はマネージャーとの不倫がばれ、時期外れの人事異動が行われ、マネージャーの配偶者に慰謝料を支払い、そのことが田舎の家族に伝わり、帰省しにくくなって疎遠になり、別の恋人ができたけれど別れ、別れた後で妊娠していたことが分かり、言い出せないまま一人で子どもを堕《お》ろし、それら全部を大学時代からの友だちにむかしと変わらず、わざとらしい軽薄さで情報公開することで、彼らとつながり続けている。今は一人で暮らしているけれど、恋人を作ろうと思えばすぐにできるし、でもどうせいつもどおり長続きしないし、自分の心の中にどうしたってあたたまらない冷たい部分がしこりのようにあることも自覚しているし、時々夜中に叫んで目が覚め、目が覚めたら叫んでなどいなかったことが分かり、叫びすらしない自分が苦しいのに涙も出なくて、代わりにごはんの味がしなくなったし、ごはんの味は、しないけれど食べられるから、生きてはいけるし、でも、だって、狛村くんはまだわたしのことが好きだし。だけど、かな子はそのことを、友だちには話せない。狛村くんってまだわたしのこと好きなんだよ、とは、なぜだか誰にも言えないでいる。

大学四年生の時、夜中の十二時頃に近所のコンビニで、狛村くんと会った。狛村くんのアパートはかな子のアパートから自転車で十五分くらいのところにあって、最寄りのコンビニも違うからすこしびっくりした。狛村くんは「ああ、かな子ちゃん、偶然」とたいして驚いた顔もしないで穏やかに声をかけてきたけれど、あんまりにまっすぐ見られるものだから、かな子はしたくない緊張をした。お風呂には三時間以上前に入っていたからお風呂上がりの姿ではないし、化粧をしていないすっぴんの顔だって、学科のみんなでしょっちゅう宅飲みして雑魚寝していたから、今更恥ずかしくもない。その頃は卒論の執筆が大詰めで忙しく、朝起きられなかった日は化粧をしないで大学に行くことも頻繁にあったし、そもそも深夜にコンビニへ来たのだって、眠気覚ましのホットコーヒーと夜食がほしいと思ってのことだった。家にインスタントコーヒーはあったけど、外の空気を吸って気分転換をしたかったからというのもある。

そういえばそんな話を、ゼミの人たちにしたんだった。「卒論の追いあげやばくて、けっこう朝方まで書いてるんだけど、眠たくなるから、コンビニまでコーヒー買いに行ってる」って。話をしたのは十日とか二週間とか、そのくらい前で、それから今日までの間、かな子は何度コンビニにやって来たんだったか。二十一時頃来ることもあれば、明け方四時過ぎに来ることもあった。集中が切れる時間は日ごとにばらばらで、夜は長い。狛村くんがここにやって来たのは、いったい何度目なんだろう。

かな子は頭の中で思い浮かべたカレンダーの日付をひとつひとつ数え上げた。自分が他人にこんなふうに好かれていること、思いを寄せられていること、それを受け取らないまま、ただ「あるなあ」と納得していること、これって残酷な仕打ちなんだろうか、と驕《おご》るでもなく単純に考えていること、なんかを、さらに外側の自分の目で俯瞰《ふかん》している感覚があった。

「狛村くん、偶然じゃないでしょ」

かな子がそう言うと、狛村くんは顔をぱっと赤くして、声を上げて笑った。爆笑だった。突然の大声に、レジに立つ店員が訝《いぶか》し気な視線を投げてきた。

「まあそうだよね、だよね」

なにが、という主語は付けないまま狛村くんは頷き、かな子は誘われるままコンビニの外のバス停のベンチに座って、二人で缶ビールを飲んだ。一本だけしか飲まなかったはずだけど、気付くと空が白み始めていた。完全に日が昇ってしまうのはまずい、なぜだかとてもまずい、ような気がして慌てて解散し、辻褄《つじつま》を合わせるように無理をして卒論の続きに取り組んだ。一本分のビールの酔いなどとっくに醒めていたものの、寝不足の頭でたいして思考は伸びず、作業効率が悪いのは分かっていたのに、コンビニに行ったのもたまたま会った狛村くんとビールを飲んだのも、こうして卒論を進めるための息抜きに過ぎないのだと、自分に説明を付けるしかなかったのだった。

だって、狛村くんはわたしのことが好きだし。

でも、わたしは彼が好きではなくて、だけど絶対に手放したくはないんだった。狛村くんを手放したくないんじゃなくて、あんなに苛烈でしつこく燃え続ける恋の炎は、これから後の人生で二度と自分に向けられることなんてないと思ったから。見たことのない色をしていた。炎。形はすこしの風でも簡単に揺らぐくせに、芯のところは同じ色で、同じ温度で、同じ輝きのまま、ぶれない。

自分が恐ろしいものを摑《つか》もうとしている予感があった。狛村くんは、わたしを絶対に傷つけない。それは、狛村くんがわたしに絶対傷つけられないからだった。わたしが狛村くんになにをしようと、しまいと、狛村くんはわたしのことを勝手に好きで、好きだから好きでいる限りにおいて、傷つかない。それは、正しい意味で恋愛をしている正反対の地点にいるみたいに見えたけれど、狛村くんはそこで、「こっちが正面だよ」と穏やかにほほ笑んでいるのだ。

狛村くんは、あの日のイメージそのまま、何年経ってもかな子の人生に立ち現れてくる。今年で三十三歳になるのに、とかな子は自分たちの年齢と重ねて、ますますおかしい。自分も狛村くんも、うまく歳を取れていない気がした。

かな子は狛村くんとのやり取りを終えたスマホを手の中に握ったまま、軽く目を閉じて明日のスケジュールを確認する。不倫関係にあった上司の配偶者から数年ぶりに連絡があり、かな子がその男と関係していた当時生まれた子が七歳になること、その子に男が「おまえが生まれた頃、お父さんにも好きな人がいてな」と話したこと、その子がクラスメートの女の子から好きだと告白された時に、うちのお父さんがこんなことを言っていたと話したこと、それが女の子のお母さんの口から、上司の配偶者に伝えられたこと、これらがきっかけで離婚することになったこと、その全部をちゃんと話したいから会いたいと言われていた。

七年前の不倫で、慰謝料も払い終わっていて、これから彼ら二人が決断して行う離婚に対してかな子に法律的な責任はないのだけど、「できごとは全部つながっているから、責任を取るとかではなくて、ただ知ってもらって完結させたいので」と述べる配偶者の弁に、かな子はいたく納得して明日の会合が設定されているのだった。不倫していた上司の同席はない。

殴られるか、刺されるか、まさか睨まれるだけで済むだろうか？　明日はどんなふうだろう。考えるうちに知らずほほ笑んでしまうかな子は、自分はおかしくなってきているんだろうかと、でもそれすらも不安ではなく、ちょっとおもしろく思っている。

これは不安になるところだ、これはこわいと思うところだ、ここはこわがったり嫌がったりしなくちゃ筋が通らない、と外部に設定された筋に従うのは楽だがもうできない。そんな当たり前に甘んじるには、いろいろなことがあって大人になりすぎたし、狛村くんが変わらずかな子を好きだと思い続けている。狛村くんの気持ちほどこわいものなんて、他にないんだから、だんだん全部がどうでもよくなってくる。

かな子はやり取りを終えていた狛村くんとのメール画面を開き直して、とつとつとメッセージを打つ。

〈明日、久しぶりに会いませんか。十八時に横浜。おいしい中華が食べたいな。ずっと食べてないの〉

明日の十八時は、元不倫相手の配偶者と東京駅近くのカフェで会う約束をしている。どっちに行くんだろう、とかな子は明日の自分を想像する。どっちに行っても地獄で、どっちに行ってもおもしろいし、どっちにも行かないで家で布団にくるまっていたって、結局は地獄だし、結局はおもしろおかしい。

深夜のコンビニで狛村くんの喉から噴出した爆笑。あれに似たためらいのない笑い声が、かな子の口から溢れていた。鼻からも目からも飛び出ていく笑いだった。スマホがブブーと震え、狛村くんからの返信が届く。かな子はそのメールを開かない。代わりに、SNSの画面を開き、〈明日は十八時からこのカフェでお友だちとお茶〜〉とつぶやき、元不倫相手の配偶者と約束している店のリンクをはり付けた。

狛村くんはどうするだろう。彼の場合はどちらにも現れないということはないはずだけど、かな子が双方を裏切り家で布団にくるまっていることを見越して、住所を教えていないはずのこのマンションの方へ、向かってくる可能性はあるかもしれない。

それならばかな子は、四番目の選択として最寄りのコンビニルートも用意するべきだろう。明日の十八時。約束の時間。かな子はどこにも行かないで、スマホは電源を切って、念のため洗面台に溜めた水に浸《つ》けておいてもいい。三十分か一時間か、どのくらいの時間が経ったか確認しないまま、気が向いたらマンションから一番近くにあるコンビニへ行く。コンビニまではほんの三分ほどで着く。マンションを出て左へ歩き、美容室を過ぎたら右に曲がる。その道の、ここに、あそこに、狛村くんが立っている想像をする。かな子はコンビニにたどり着く。コーヒーを買おうとした時に、缶ビールを二本手に持った狛村くんが先にレジへ並んでいるのに気付いて、きっと二人で爆笑するのだ。腹から絞り出すような笑い声に、店員が迷惑をそっと隠した顔をするかもしれない。

いくつも数える

給湯室でコーヒーを淹れていると、天道《てんどう》課長が入ってきた。誰もいないと思っていたのか、津野《つの》の姿を認めると「おお」と声を漏らし、無に戻っていた顔に表情を入れ直した。なにか考えごとをしていたらしい。来期のリサーチを終えたばかりで今はそう難しい案件も抱えていないはずだけど、と津野が思案していると、天道課長がこちらの顔をじっと見つめて尋ねてきた。

「津野くんって今何歳だっけ。三十三か、四？」

「三十八ですよ。なんですか急に」

「もうそんなになるか」

天道課長は目を見開いて嘆息し、そうか早いなあ、と独り言ちる。

「いや、でもそうだよな。ぼくが五十になったんだから、津野くんもそのくらいか」

そうですよ十二歳差ですからおれたち、と津野は頭の中で答える。天道課長とはちょうど一回り離れている。新入社員の時に「干支が同じ子が入社してくる歳になったんだねえ」と、日菜子《ひなこ》さんに言われたからよく覚えている。日菜子さんと同期入社の天道課長の下に配属になった時、最初にそれが頭に浮かんだ。そんな会話のことなど、日菜子さんはとっくに忘れているだろうけれど、津野は毎年のように思い出しては、自分の年齢に十二を足して日菜子さんの歳を確認する。津野がひとつ歳を取れば、日菜子さんもひとつ歳を取る。二人の年齢差はいつまでも十二歳のままで変わらず、そんなのは当たり前なのに、確認するように計算してしまう。

天道課長が紅茶のティーバッグを取り出してマグカップに入れるのを見て、津野がケトルに水を足し湯沸かしスイッチを押すと、天道課長が目元を柔らかく細めて「ありがとう」と微笑んだ。かっこいい人だ、と津野は感心する。かっこいいのは何歳になっても独身だからだろうかと考えてすぐに、反証になる何人かの独身社員が頭に浮かび、関係ないかそんなのと思い直した。もちろんそこには、独身である自分も含まれる。天道課長は目も鼻も口も頬の形も綺麗だ。五十歳と言われてみると、確かに年相応の皺や肌のくすみはあるのだけれど、それすらも年齢を重ねた落ち着きに映えている。体も引き締まっている。ランニングが趣味らしいし、きっと食生活にも気を付けているのだろう。おれの方がよっぽどだらしない体をしている、と津野は少し食事を控えたくらいでは引っ込まなくなってしまった自分の腹部を見下ろす。

コーヒーを手に給湯室を出ようとしたが、「あ」と天道課長が声を漏らしたので立ち止まり、振り返った。恥ずかしそうにも誇らしそうにも見える、表彰を受ける子どものような表情が目に入る。

「報告があって」

天道課長がおずおずと切り出した。

「実は、結婚することになって」

「えっ！　おめでとうございます！」

思わず大声で返してしまった。この歳になると周囲の結婚報告は後輩ばかりで、同世代の結婚すらほとんど聞くことはなく、ましてや年上となるとなおさらだった。珍しさで驚いたが、何歳になったって結婚することはあるだろう。へえ、めでたいな、と心が浮き立つ。

「お相手はどんな方なんですか？」

尋ねると、天道課長の頬の赤みが増した。普段冷静なこの人が表情に動揺を映すのが、微笑ましい。

「あー、まあ、こんなおじさんと結婚してくれるくらいだから、いい人だよ」

照れた様子で答えるその内容から、もしかして若い人なのだろうかと想像する。七、八歳下の、四十代前半とか？　いや、いっそおれと同じ三十八歳くらいとか……天道課長だったら一回り年下だってありえそうな気がする。もしかして、それでさっきおれの年齢を聞いてきたんだろうか？　津野はそんなふうに考えを巡らせたが、相手の年齢を尋ねるのは失礼だろうと思って止めた。

「ほんとにめでたいですね。お祝いしないと」

手放しで喜んでみせる。天道課長はほっとしたように「ありがとう」と頷いた。


きっと声がかかるだろうと予想していたとおり、日を置かずに日菜子さんから誘いがあり、仕事帰りに日ノ出町のスペインバルで待ち合わせた。

店はいつものように日菜子さんが選んでくれた。自然派ワインがおいしいのだというその店は狭く、混みあっていて、店員が奥のテーブルへ料理を運ぶため通路を通る度に、肘や服の袖がカウンター席に座る津野の背中に触れた。自身の全体を引っ込めるように背もたれのない高い椅子に浅く腰掛けると、ぎょっとするほど近くに日菜子さんの身体があった。スカート越しにではあるけれど膝が触れてしまい、慌てて離すのを、日菜子さんは余裕の表情で受け流し、「とりあえず適当に頼んじゃうね」とタパスをいくつか注文した。乾杯してすぐに、今日の本題に入る。

「天道くんが結婚するなんてびっくり。結婚に興味ない人だと思ってたから」

「昔からあんな感じですか。かっこよくて、仕事もできて」

津野が尋ねると、日菜子さんは「昔って言わないでよー」と口を尖らせた。声は笑っていたが、津野は慌てて謝った。こういう時に「だって昔は昔でしょ」と言い返せるほどの距離ではない。俯いてワイングラスに手を伸ばす。

親会社にハウスメーカーを持つ、リフォーム専門会社に新卒で勤めて十六年になる。関東と東北、中部の営業所をいくつかまわり、四年前から神奈川の本社勤務になった。日菜子さんとは入社以来、営業所も部署も一度も同じになったことはないけれど、定期的に飲みに連れて行ってもらっている。親しくしてくれるので忘れそうになるが、一回りも年上の人だ。

「特別目立ってたわけじゃないけど、歳を重ねても、急におじさんにはならなかったかな。見た目もだけど言動が。後輩や部下が増えても横柄にならなかったり、昔話ばっかりしなかったり。でも、今ほどかっこいいって印象はなかったね。ほかの人ほど」

と、日菜子さんは何人かの営業所長や本社勤務の課長や補佐の名前を挙げた。半分ほどは顔が分からなかったが、名前は聞いたことがある。

「あのあたりも同期で、今はみんなお腹も出ておじさんになっちゃったけど、入社したばっかりの頃は、かっこいいって当時の先輩女性たちからも騒がれててね。天道くんはそうでもなかったけど、五十にもなってあの体型保ってるの、彼ぐらいでしょう。あとあとになってかっこいいって言われるようになったと思う。仕事はね、デキるっていうより丁寧で真面目だから着々とね。今は経営マーケティング課の課長なんだから出世したよね」

日菜子さんの傾ける一杯目のワインが空き、二杯目はオレンジワインを選んだ。津野も急いで自分のグラスの中身を飲み干し、同じものを頼む。

「天道くんは、三十代になって同世代の見た目が崩れ始めてから注目されだしたから、たくさんの女性から言い寄られて大変、みたいな期間は案外短いんじゃないかな。三十代半ばとか四十代になると、同世代の女性も結婚する人はしてるでしょう。それにわたしも含めて、周りはみんな天道くんは結婚願望がない、一人で生きていきたい人だと思ってたから」

天道課長はお酒が、特にワインが好きで、横浜のマンションにはワインセラーがあるのだと聞いたことがある。ワインに合う料理を自分で作るのも好きで、ほかにも夏は登山、冬はスキーに出かけ、音楽のライブや演劇公演にもよく行くらしい。多趣味で、自分の人生に好きなものを集めて充実している。日菜子さんの持つ天道課長の印象は、津野が抱くものと同じだった。

「だから、とにかく結婚したことにびっくり」

「……びっくりは、結婚したってことにだけですか？　お相手に対してじゃなくて」

とうとう尋ねる。日菜子さんはにっこり笑って、隣に座る津野に膝を寄せ、囁いた。

日菜子さんがつけている香水がかおる。

「悪いことをしているわけじゃないんだから、わたしはいいと思う」

悪いことをしているわけじゃない。そのとおりだ。けれど津野は、分かります、と返すことができなかった。日菜子さんと目を合わせたままテーブルに手を這わせ、指の先でワイングラスを探した。


「聞いて聞いて。天道課長の結婚相手って二十四歳らしいよ」

新崎《にいざき》補佐が誰を相手にというわけでもなく、入口付近に立ったまま辺りを見渡して言った。えっ、といくつも声が上がる。天道課長の結婚はあっという間に知れ渡っていた。同じ課内だけではなく、他部署の同僚からも「天道さんが結婚したんだって？」と立ち話で話題を振られることがあったが、相手の女性がどんな人なのかは誰も知らなかった。二十四歳だって？　津野も仕事の手を止めて顔をあげる。入口近くに座る一人が聞いた。

「すごく若い方なんですね。天道さんって何歳でしたっけ？」

「若く見えるけど、広報課長が同期でしょ確か。だから五十とかじゃないの」

「二十六歳差ってことですか？」

そう尋ねたのは花村《はなむら》さんで、座ったまま新崎補佐の方に顔を向けていた。声には驚き以上に嫌悪感があった。わざとではないけれど出てしまったというふうな滲み方だった。花村さんは、

「わたし今年で二十六なんですけど」

と、関係があるのかないのか分からないことを付け加えて席を立つと、新崎補佐の方に寄って行く。新崎補佐は人事課に親しくしている社員がいるらしく、誰が異動になるとか、中途採用で入ったあの人の前職はこれだとか、噂話をいち早く仕入れてはみんなに披露して注目を集める。そんな彼に、またやってるよと醒めた目を向ける人たちも少なくなかったが、今回ばかりはほとんど全員が興味を示していた。あっという間に十人ほどが新崎補佐を取り囲む。津野も席を立って噂話の輪に加わった。天道課長は管理職会議に出ていてしばらく戻って来ない。

「二十六違うって、親子みたいなもんじゃないですか」

隣に立つ花村さんを横目で見る。肌つやも軽く内巻きにした髪も、海の底で染めてきたように鮮やかな水色のブラウスも、なにもかも自分より三段階ほど若い。彼女が入社した三年前に指導係を命じられ、その任が解けたあともタッグを組む形で共に業務にあたっている。

「二十四歳って入社二年目とか三年目とか？　コンプラやばいでしょ」

「ええっ、いやいや今コンプラ関係ないでしょう。だって社外ですよね？　お相手」

「ああうん、社外社外。なに出会いかは知らんけど」

「天道さんって結婚しない人だと思ってたけどなあ。するんだ」

「それね」と、新崎補佐が声を潜める。「っていうか同性愛者だと思ってたわ」

ああいやまあね、それね、みたいな空気が流れる。同時にそういうことみんなの前で言っちゃうんだ、っていう空気も。何人かは相槌も飲み込んで黙った。天道課長みたいにかっこいい人が結婚していないなんて同性愛者だからだ、多分誰にも言えない恋人とかがいるんだって、と話題にされることがこれまでにもあった。そういう場にいる人間は、津野も含めてみんな同性愛者ではなかった。天道課長が「かっこいい」ことの証左を並べ立てるうちの一つみたいに扱うくせに、本人に向かって言うことはしない。

「二十六歳差って、なんかもう、どう受け止めていいか」

花村さんを含めた女性たちがトーンを落とした声で囁き合うのに対し、「さすがって感じしますよね！　そんな若い女落とすなんてすごいわ、やっぱ」と、男性社員の数名が羨望を込めた調子で言い合う。津野も同意して頷いた。実際、すごいと思う。二十四歳だというお相手の女性の周りには同世代の、若い男も大勢いて、けれど天道課長はその中で年齢という弱点を乗り越えて選ばれたわけだから。

「かっこいいもんな」と誰かが容姿を褒める。

「痩せてるし、背も高いし、あと二重だし」みんなが頷く。

「清潔感あるよね。気取ってなくて」

「偉そうじゃないしね」と誰かが態度を褒める。

「気さくだよね。でも責任はきっちり取ってくれるし、指示も的確で」みんなが頷く。

「経営マーケティング課だっていうと、天道課長でいいなって羨ましがられるもんね」

「だけど、」と花村さんが低い声で言う。誰とも目を合わせない。

「ちょっと、やばくないですか。二十六歳差って」

花村さんの言葉に、みんな頷きはしないが、そんなことないと反論する人もいなかった。

しばらくの沈黙のあとで、「歳の差婚なんて芸能人みたいだよねー。さすが、天道課長！」と新崎補佐がひときわ大きな声で言い、大人同士だし想い合う気持ちがあれば歳の差なんて関係ないですよね、とパートの緑川《みどりかわ》さんがなにかを励ますように重ねた。

ほんとほんと、すごいねー、めでたいねー、と口々に誉めそやしながら各人の席に戻る。津野もその流れに乗って自席に戻り、パソコンのスリープを解除した。画面に集中するフリをしながら、同じように仕事に戻ったフリをして周囲を睨んでいる花村さんを、それと知られないように見つめていた。

しばらくの間、津野は花村さんの様子を注意して見ていたけれど、特段変わったことはなかった。花村さんが天道課長に接する態度は以前と同じで、笑顔で挨拶し、ほどほどに雑談もし、仕事もきっちり仕上げて報告する。天道課長から褒められれば喜ぶ。「じゃあ今度飲みに連れてってくださいよー」と甘えることすらあった。

歳の差婚って知ったばかりの時は驚いて、ショックを受けてしまったみたいだけど、冷静になれば天道課長のことを嫌ったり、疑ったりする気持ちになるはずがないのだ。花村さんも、恋愛や結婚なんていうプライベートのことで、天道課長に対する評価を変える人ではなかった。津野は胸をなでおろす。職場の空気がギスギスするのはごめんだった。せっかく尊敬できる上司の下で働けていたのに——と考えて、なるほど今おれは、働けて「いた」と過去形で思ったな、と津野は気付く。花村さんの態度が変わらなかったことに安心したくせに、自分は変化してしまっている——天道課長が歳の差婚をしたから。自分と相対する天道課長の態度はなにも変わっていないのに。そういう人だったんだ、と思っている。そういう人って、なんだろう。花村さんはもう、いいんだろうか。気にしないことに決めたんだろうか。

スマホで「歳の差婚」と検索すると、芸能ニュースがヒットした。六十歳で二回の離婚歴がある男性俳優が二十九歳の女性タレントと結婚発表をしたとか、二十歳の女性アイドルが引退発表と同時に四十歳の男性音楽プロデューサーと結婚することを報告したとか。三十一歳差と、二十歳差か。計算して比べる。天道課長は二十六歳差だ。芸能人以外のこんな歳の差婚、津野は聞いたことがなかった。

俳優とかアイドルとかタレントとかは、年齢に関係なく華やかな場で出会いがあってお互いの魅力も感じられるのかもしれないが、一般人の自分たちが世代の違う人たちに向けて人間的な魅力をアピールする場なんてほとんどないだろう。自分の両親も二歳か三歳違いだったし、祖父母は十歳ほど離れていたが、時代背景もあるだろう。今だって別に、三十歳と四十歳の人が結婚したって特別ひっかかりは覚えない。大人同士だからだ。二人のうち一人が十代や二十代の前半の、特に若い人である時にだけ、歳の差というのは異質なものとして映る。均衡が崩れている、視野が狭まっていると感じる。津野の感じ方など結婚した二人には関係ないと言われてしまえば、そのとおりなのだろうけれど。

現場が相模原駅から離れた交通の便の悪いところにあったので、営業車を借りて行くことにした。運転を花村さんに任せて津野は助手席に座り、スマホの地図アプリを見ながら道案内に集中した。特別発注の防音設備や新しい床材の状態を確認し、現場での打合せを問題なく済ませ、夕方道が混み始める前に会社に戻れることになった。途中のコンビニで買ったコーヒーを飲みながら、眠ってしまわないように気を張る。帰りは行きほど細かい道案内は必要なく、手持無沙汰だが、花村さんが運転しているのに津野一人がスマホをいじるわけにもいかない。会社近くでおいしいランチを出す店ができたらしいなどと、他愛のない雑談をして暇をつぶしていた時だった。花村さんがすっと短く息を吸う音がした。

「天道課長の結婚祝いの件なんですけど」

会社の慣習で、社員が結婚すると部署内でプレゼントを用意して祝うことになっている。一人千円ほど出し合うと、正社員だけでも十三人いるのでそこそこの金額になるが、これまで課長職の結婚祝いをしたことがなかったので、なにをプレゼントするべきか決めかねていた。飲み会の手配同様、こういうときの買い物は若手社員の役目と決まっていて、年次的にも仕事のポジション的にも、花村さんが担当するのが当然の流れではあったので、任せていたのだった。

「ああ、迷うよね。なにがいいかな。これまで若い子たちにあげてきたような、入浴剤セットとかでもいいと思うけど」

去年結婚した二十代の女性社員に渡したプレゼントのことを思い浮かべてそう口にしたのだが、入浴剤、それはつまり天道課長が二十六歳年下の女の子と、と具体的な想像をしてしまい、声に焦りが出てしまう。あー、ええと、と口の中で言葉を転がし、

「課長だし、ほかのものの方がいいかもね。ワイン好きだし、ペアグラスとか？　そんなのもう高くていいやつ持ってるか。あーちょっと高級なタオルとか？　お歳暮感出ちゃうけど、いらないものもらうより絶対使うものの方がいいだろうし。もし必要だったら、日菜子さんに課長が欲しそうなもの聞いてみようか？　同期で同い年だし、おれたちで考えるよりいい案がもらえるかも」

「日菜子さんって、佐藤《さとう》課長のことですか？　経理の」

分かってるくせになんでわざわざ確認するんだろうと思って、横目で花村さんの様子

を窺う。道の先に視線を向ける横顔は、笑っているわけでも困惑しているわけでもなく、色が変わらない。

「そう、佐藤経理課長。社内に佐藤さんって多いから、ほら、うちにもいるし経理にももう一人いるし。それで、名前で呼んでいいよって言われてて」

自分でも言い訳のように聞こえたから、花村さんもそう受け取っただろう。「津野さんと仲いいって聞いたことあります」と前を向いたままで言う。聞いたことがあるというのは、いつ誰から、どんなふうに？　問いただしたくなる。どう知っているつもりなのか知らないけど、なにもない、ただの親しい職場の人だからこんなふうに話題に出せるんだよ、と主張したいのを我慢する。

「佐藤課長にご確認いただくお手間までは……、津野さんが今教えてくださった、高級タオルが気になります。今治タオルとか、自分たちでは買わないような綺麗なデザインのものとか」

花村さんは「みなさんの意見も聞いてみてですけど、うん、それがいいかも」と、最後の方は津野にというより自分に対して納得させるように頷いた。

「よかった。なんだか、すごく悩んでたってわけでもないんですけど、なんていうかそもそも、なるべく考えないようにしてたっていうか。すみません。その、」一度言葉を切り、息を吸って続ける。「天道課長の歳の差婚が、どうしても気持ち悪くて。それで、そのお祝いを考えるのがしんどくて。先延ばしにしてしまっていたので、助かりました」

はっとして、花村さんの様子を窺う。険しい表情で道の先を見つめていた。

「やっぱり若い女性からしたら、気持ち悪いもの？　あれだけの歳の差があると。相手の方、二十四歳だっけ」

「わたしが若いからとかじゃなくて……昼休憩中、年上のパートさんたちとも話してたんです。天道課長のこと、仕事はできるしいい上司だなって思ってましたけど、二十四歳なんて、五十歳からしたらほとんど子どもみたいな年齢の人に、そういう目を向けるんだって知ってしまうと、生理的に気持ち悪いってそれが先に出てしまって、なんていうか思考が、止まってしまって」

そんなふうには見えなかったけれど、そうなのか。津野はやや驚く。変わらない様子で天道課長に接しているように見えていた。花村さんもほかの女性たちも。けれど津野自身も態度が変わらないように意識して変えていないのだから、同じだ。

ハンドルを握った花村さんが、前を向いたまま「津野さんは」と問う。

「津野さんはというか、男の人たちは、気持ち悪くないんですか。ああいうのは」

ああいうの、と津野は小声で繰り返した。花村さんがためらいがちに頷く。

気持ち悪い、けれど気持ち悪いと、思ってしまっていいのか分からない。でも多分、気持ち悪い。だけど分かるとも思う。分かってしまうとも。だって男ってそういうものだから、とは言いたくないし言われたら腹が立つ。羨ましがる男もいるだろうし、さすがにないでしょ面倒くさそう、と忌避する男もいる。一概に括ることはできない。そうではない。そうではないけど……このもやもやした気持ちを、どうにかまとめて花村さんに伝えたいと考えているのに、頭に浮かんできたのは日菜子さんの顔だった。酒を飲んでも、アルコールに強い日菜子さんの顔色はあんまり変わらない。白い頬をこちらに向けたままで、目元だけが重くだるそうに力を手放していく、あの表情。

うんともううんともつかない相槌でごまかしていると、花村さんは怒っているというよりは暗く沈んだ声で言った。

「天道課長が歳の差婚だって、新崎補佐がみんなに話してきた時に、男の人たちが若い女を落とすなんてすごいみたいな言い方をしてたじゃないですか。あの時に、もし天道課長が同世代の、五十歳くらいの女性と結婚していたら、落とすとかそういう持ち上げられ方はしなかっただろうなと思って。もっと、どんな人でなにをしていて、仕事とか所属だけじゃなくて、どんな人格の人なのかとか、本人の内面に興味が向けられたのかなって。それは理想を押し付けすぎているのかもしれないですけど、実際あのあと天道課長に、聞きましたよー歳の差婚なんですって、ってパートのみなさんが話しかけてましたけど、でも、お相手の方は二十四歳でとても若くてって、これ以上の情報は分からないですもんね。それって、誰もほんとうには興味がないからだと思うんです。なんの仕事でどんな性格の人であっても、一番重要な、二十六歳差っていう情報が初めに出てしまってるから」

天道課長の相手のことは、どうやら都内の会社で事務職をしていて、出会いのきっかけは分からないけど、やっぱり綺麗な人らしいと聞こえてきていた。けれど花村さんの言うとおり、どうでもよかった。二十六歳年下の若い女の人。それ以外の情報は蛇足になっている。ともあれ、津野は「でもまあなんかいい人らしいって聞いたけど」と答えるしかなかった。

花村さんが戸惑ったように息を吐いた。ため息にならないよう注意して吐かれた息だと感じた。すみませんでしたこんな話、と謝られて、津野はようやくゆるゆると首を横に振って応えた。

待ち合わせをしたカフェの店内で、テーブル席に座る津野を見つけたクヌギさんが笑顔で手を振った。津野は、やっぱり若すぎると思った。姿かたちだけじゃなくて、ひらひらと左右に揺れる手の動きまで若い。

クヌギさんは「お待たせしました。わたしも飲み物買ってきます」と、向かいの席に荷物を置いてカウンターに向かった。津野は財布を持ってその後ろを付いて行き、クヌギさんの分のコーヒーの代金を払った。初めて待ち合わせをしたのもこのカフェで、その時から毎回そうしている。男だから奢るという意識ではなかった。単にクヌギさんが年下で、しかもだいぶ年下だからだ。二十三歳。一回り以上も年下の人とお茶を飲むのに奢らないというのは、この場に座っていられないくらい居心地が悪い。

この感覚を抱いてから、日菜子さんのことを考えた。日菜子さんもいつも自分に奢ってくれる。それはおれが若いからだ。三十八歳。若くはない。けれど、五十歳の日菜子さんからしたら、いつまでも若い。若い、男だ。だから……。思考がその先へ進みそうになり、津野は無理やりに現実へ引き戻す。クヌギさんが熱いコーヒーの入ったカップを慎重な手つきで運んでいる。

クヌギさんとは婚活パーティーで出会った。海浜公園でバーベキューをして半日過ごすというプログラムで、参加者は男女がそれぞれ二十人ずつ、年齢層は男女ともに三十歳から四十歳が多かった。その中で二十三歳の（という具体的な年齢はあとで知ったのだが）クヌギさんは若さで目立っており、恐らくその場の女性の中で一番年齢が下だった。それというだけで早速声をかけにいった男性たちは相対的に若くなく、その場の最年長群だった。下手すると親子に見えなくもない――実際にはそれほど年齢が離れているわけではないにしてもだ――その様子が津野には自分ごとのように恥ずかしく、蔑むような目でその様子を眺める女性たちの視線も相まって、空気をいたたまれないものにしていた。

参加者は全員名札を胸元に付けていた。男性はフルネームで書いている人も少なくなかったけれど、女性は苗字か下の名前のどちらか一方を書いている人が多く、クヌギさんはカタカナで苗字だけを書いていた。「下の名前なんていうの、教えてよー」と馴れ馴れしい声で絡む参加者男性のところに、スタッフが小走りで近づいて「名札に書いている以上のお名前は、マッチングされた方にお知らせしていますので」と、慣れた様子で注意していた。

三十分ほど公園で自由に広がって話をしたあとで、くじ引きで八人ごとのグループに振り分けられ、バーベキューの準備が始まった。クヌギさんとはそのグループで一緒になった。クヌギさんを囲んでいた年嵩の男性たちはみんな違うグループで、ほっとしたような疲れたような表情を見せたクヌギさんに、隣に立っていた女性が小声で「大変でしたね」と慰めるように囁いたのが聞こえた。揶揄する響きはなく、本心からそう思い労わっているのが分かる声色だった。クヌギさんは「ありがとうございます」と小さく頷き返していた。津野は、自分がしたことではないのに申し訳ない気持ちになる。ここは婚活パーティー会場で、クヌギさんを囲んでいた男性たちがルールに違反した悪さをしでかしたわけではないのだけれど、違うだろうそれは、と制したい心が自分からも周囲からも立ち上っていたのが分かった。「違う」の原因は、歳の差だった。彼らとクヌギさんの歳の差を、みんなが数えていた。

クヌギさんに声をかけた三十代前半の女性のことを、津野はいいなと思った。声が優しそうで、毎日話をするならこんな声の人がいいなと。今日はあの女性と仲良くなれるように頑張ろう、と自分の中で目標を立てて臨んだバーベキュータイムだったのに、実際には津野はクヌギさんとばかり話をしていた。

野菜を持って向かった洗い場でも、その後で包丁を持って立った調理台でも、すっと近づいてきたクヌギさんが「なかなかきれいになりませんね」「包丁気をつけないとですね」「お腹すいちゃった」と声をかけてきたからだ。二人きりで会うようになってから、クヌギさんに「あの日は、同じグループになった誰かひとりと、ちゃんと親しくなろうって決めてたんです。自分からぐいぐいくる人じゃなくて、婚活パーティーなのにちょっと引いてるような人がいたらいいなって思ってたら、津野さんがいたから」あんなふうに構っていたのだ、と教えられた。

その婚活パーティーは最後に今後も親しくしたいと思った異性の名前を書いて提出し、マッチングした場合のみ主催者を通して相互の連絡先が分かるという仕組みになっていて、個人的な連絡先の交換は禁止されていた。津野は迷った末、クヌギさんではなく、クヌギさんを慰めるために声をかけていた女性の名前を書いて提出した。その日、一番多くの会話をしたのはどう考えてもクヌギさんだったけれど、名前を書けるのは一人だけで、クヌギさんの名前を書く男性は会話時間数に拘わらず大勢いるだろうと予想がついた。そんな状況で自分がクヌギさんの名前を書き、マッチングしなかった時に恥ずかしすぎると思ったし、そもそも一回り以上も歳が離れている女性の名前を書くこと自体、許されないと思った。名前を書いた女性とは、バーベキューの作業の確認とわずかな雑談しかできなかったから、当然マッチングするわけもないが仕方ない。

マッチング結果は個別にメールでお知らせします、というアナウンスがなされてパーティーは散会した。帰り道でのトラブルを避けるため女性参加者を先に帰宅させるというので、待機する男性参加者とそれぞれ少しずつ距離を取ったまま時間をつぶしているところに、クヌギさんがふっと寄って来て、「クヌギミヒです」と囁いた。「インスタで名前検索してもらったら出てきますから」と告げられ、津野は「あ、はい」と呆けたように返した。なんだよそれ、と怒りに似た混乱がわいた。あんな若い子にかき乱されるのはごめんだと思った。けれど結局、帰りの電車の中でインスタグラムのアカウントを新規作成し、クヌギミヒの名前を検索したのだった。

天道課長の歳の差婚を知った時には、自分はそんなこと望まない、同世代の女性と付き合えたらいいと思っていたのに、自分より一回り以上も年下の女性に近付こうとしている。一回り以上、と考えた時にふと日菜子さんの顔が浮かんだが、違う違う、と頭から追い払う。今回は十二の計算じゃない。それよりもっと悪い。三十八引く二十三で、十五歳も差がある。ついでに二十六引く十五の計算もする。十一。天道課長の歳の差婚より、十一歳少ないからその分マシか。そんなふうに卑劣に考える。悪いとか卑劣とか、自分は何様でどこに立ってなにをジャッジしてるんだよ、と冷静に考えてしまってうんざりする。

クヌギさんとは時々、こうして会っている。カフェで待ち合わせをして話をし、一度はお酒も一緒に飲んだが、遅い時間になる前に解散した。まだ付き合っているわけではないけれど、そろそろ付き合うか、それとも二度と会わないかを選ばないといけないのだろう。選ぶのはどうやら津野の役割らしかった。クヌギさんは婚活パーティーに参加したことを、「落ち着いた人と結婚したいんです、わたし。若いうちに」と話していた。ふと、天道課長の結婚を聞いた同僚たちが「さすがって感じしますよね！　そんな若い女落とすなんてすごいわ、やっぱ」と話していた時に、若い女性に選ばれたなんてすごい、と自分も考えていたことを思い出した。営業車を運転する花村さんの横顔も浮かんだ。電車のドアガラスに付いた他人の脂にうっかり触れてしまった時のような気持ちになった。

今日の店も日ノ出町だったけれど、前回行ったスペインバルではなくて、福島の地酒が並ぶ居酒屋だった。日菜子さんは、水槽から取り上げて捌いたばかりだというイカ刺しを箸で持ち上げ、「ほとんど透明」と、うっとり眺めてから一口で食べた。おいしいー、と抑えた声量ながらテンション高く喜んでいる。

「このお店前から気になってて、来たかったから付き合ってくれてうれしい。日本酒好きな子って、今誘えるのは津野くんくらいだから。おじさんと飲んでも楽しくないしね」おじさんっていうか同世代なんだけどさあ、と日菜子さんは笑い、「ほら、最近の子はなんでもハラスメントって言うから。本気で言われたことはまだないけど。でも言われそうな雰囲気があるじゃない。だから、津野くんがこうやって気軽に誘える最後の世代かもね」ラッキーだったな、と機嫌よく続けた。

日菜子さんと二人で飲みに行くようになったのは、津野が入社して半年も経たない頃だった。新入社員だった津野が、本社研修の帰りに同期と近くの焼き鳥屋へ寄ったところ、別の社員と飲みに来ていた日菜子さんが居合わせ、酒を一杯ずつ奢ってもらったのがきっかけだった。その時一緒にいた同期の戸田《とだ》が日菜子さんと同じ営業所で、だから津野はおまけで奢ってもらえたというわけなのだけれど、初対面だった自分にも気前よく奢ってくれた女性の先輩社員はかっこよく見えた。翌日出勤して早々に社内システムで日菜子さんの社用アドレスを検索し、メールで御礼を伝えた。

〈昨日はご馳走さまでした。今後お仕事でご一緒することがあったら、よろしくお願いします〉

すぐに返信がきた。

〈丁寧にありがとう。よかったら今度、飲みに行きましょう！〉

前日に戸田から、日菜子さんは酒好きで仕事帰りにしょっちゅう誰かと飲みに行く、自分も何度も連れて行ってもらった、仕事もできる気さくないい先輩だ、と聞いていたので、なるほど本当にそうなのだなと納得した。入社してまだ半年で、目の前の仕事を覚えるのに必死だったけれど、他営業所に同期以外の知り合いがいることはなにか自分を助けることになるだろうと、打算する余裕くらいはあった。

〈ありがとうございます。ぜひ！〉

数日後に初めて二人で飲みに行き、三か月、四か月と空けない内にまた声がかかり、関東を離れている間も本社に来ることはあったので、季節ごとに一回ずつのペースでどこかへ出かけるという関係が、なんだかんだともう十数年続いている。ほとんどは仕事帰りに酒を飲みに行くだけだったが、何度かはプロ野球の観戦や小さな画廊の展覧会、怪談ショーといった遊びにも同行した。密室で二人きりになるようなことはなかったし、泥酔した日菜子さんをタクシーに押し込む時に肩を貸す以外に、身体的な接触もなかった。卑猥なことを言われたことも言ったこともない。だけれど、言語化しがたい欲のようなものを、向けられていることだけは分かっていた。

それはまばたきから次のまばたきへの間だったり、息の吐き方だったり、吐かれなかった息のことだったり、津野がメニューへ注意を向けている時に注がれる眼差しが、視野の端ぎりぎりで捉えられること、その感覚に日菜子さんが気付いていないわけがないと思うことだったりした。なにかを言われたわけでも、なにかをされたわけでもない。だから、誰にも相談できなかった。誰かに言おうなんて考えたこともなかった。そもそも自分が、なにかに困っている状態であるわけがない、とも思っていた。困っているとか相談するとか、そんなこと考えるなんて、よくしてくれている日菜子さんに失礼だとも。そうして冷静に考えつつも、心の中では、誰か一人にでも勘違いじゃないか、考えすぎじゃないか、だって男と女じゃなくて女と男だろ、と言われてしまったら、自分もそのとおりだと呑み込んでしまう気がしていた。呑み込むだろう。けれどそれは、きっとぞっとするほど苦く、喉の内側の触れてはならない箇所にべたべたとまとわりつきながら、吐き出すこともかなわず胃に落ちていくだろう。分かってしまうから一人で抱えていた。といっても重さはなくて、普段は忘れているくらいだった。仕事で日菜子さんと関わることはなかったから、数か月に一度〈そろそろ〜〉と社内メールが届くまでは、ないのと同じだった。

日菜子さんは去年、経理課長に昇進した。お祝いに飲みに行こうと、お祝いなのに日菜子さんから誘われ店もいつもどおり日菜子さんが決め、会計もやっぱり日菜子さんが支払ってくれた。見返りを求められないまま十何年も「よく」してもらっているのは自分の方だ。五十歳になった日菜子さんは、出会った時は三十四歳だった。津野はもう、出会った時の日菜子さんの年齢を追い越している。

「最近どうなの」

日本酒のグラスを傾けながら、日菜子さんに漠然と尋ねられる。ワインよりも日本酒を飲む時の方が、日菜子さんの酔いの回りは早い。そんな体質まで知っている。

「まあ、ぼちぼちですね。あ、そういえば新しく使うようになったエコ断熱材が評判いいらしくて」

盛り下がると分かっていながら、つい仕事の話に逃げてしまう。日菜子さんは「よかったじゃーん」と笑っているが明らかにつまらなそうで、つまみに箸を伸ばす頻度が上がる。

この十数年の間、津野に恋人がいた期間もあったけれど、それを日菜子さんに告げるのは躊躇われた。隠していたわけではないが、自分から話すことはなかったし、日菜子さんもわざわざ尋ねてくることはなかった。

大学の同級生が、「女性の部下と二人で出張に行く時は、意識して奥さんの話をするようにしてる」と話していた。内容はなんでもいいのだ。昨日奥さんと映画に行ったらものすごい混んでてさ、とか、あそこで売ってるお菓子うちの奥さんが好きなやつだ、とか、今日は奥さんも仕事終わるの早いらしいから直帰できて助かるわ、とか。牽制なんていうつもりはない。部下の女性から自分に対して色の付いた矢印が向くとは考えていない。ただ、こちらも矢印を向けることはありませんよという表明が、お守りのように働くらしい。部下の女性があからさまにほっとしたらしい落ち着いた様子でそのあとの雑談に入る姿が見えて、こちらも仕事に集中できるのだと。結婚していなかったら、恋人が、と言い換えても同様の効果があると聞いた。

津野はそこまでの意図があって日菜子さんに恋愛絡みの話をしなかったわけではないけれど、日菜子さんから芳しい反応が返ってくることはないのだろうなと、予感……あるいは思い込みだったのかもしれないけれどそう考え、恋愛の周囲を縁取る会話ばかりをつないでいた。

恋愛と関係ないから、性愛とも関係なくて、だとしたらセクハラになりえないよね、という共通認識を相互確認しているような会話だった。実際そうなんだろう。自分と日菜子さんとの間に恋愛はなかった。何年も誘われて二人で会っていたけれど。何度か目撃され、「おまえ不倫してんのか」と日菜子さんの部下だった同期の戸田から詰められたこともある。日菜子さんは津野が入社した時にはもう結婚していて、親会社のハウスメーカーに勤めているという夫も日菜子さんと同じく全国転勤があるため、その時々で一緒に住んだり別々で暮らしていたりするようだった。子どもはおらず、作る気もないと出会った頃に言っていた。戸田から「噂になってるぞ」と心配された。いや別にまじでなんにもないから。日菜子さんが酒飲みなの知ってるだろ。おれもたまたまその、誘う人のルーチンに入ってるっていうだけ。なんもないし、なんもないから気にしないで、職場の人たちに見られそうな店にも行ってるわけだから——堂々としているのが後ろ暗いところがないなによりの証拠、とそんな説明をしてきた。説明を求められている時点で、周囲の認識とはズレているんだろうとも思っていたけれど、自分は間違ったことは言っていないし、悪いこともしていない。

「あー酔っちゃった。眠いわ。今日はもう帰ろうか」

ハイペースで地酒を飲み比べていた日菜子さんから、皿に残ったつまみを「食べちゃって」と頼まれ、津野は急いで箸を伸ばす。せっかくの海鮮が乾いてしまっていた。おいしいです、と感想を伝えながら残りのほとんどを一人で食べた。日菜子さんは嘘ではなく酔っているようで、「親指のさあ、付け根がさあ、昨日からちょっと痛くてさあ、歳かなあ」と左手で右手を力任せに揉みながら俯いている。日菜子さんの左手薬指にはまった指輪は、シルバーがくすんでいる。手元を美しく彩るという装飾品としての機能を失くした分、くすみ方すらなじんで見える指先に、既婚者であるという意味だけが残っている。津野は「そんなことないですよ」と、求められているのか分からない返事をする。

日菜子さんと悪いこと、していないけれど、しかけたことは多分一度だけある。もう何年も前だ。いや何年どころか、十年も前のことだ、津野は頭の中でひとつふたつと歳を数える。自分はまだ二十代だった。日菜子さんは……そうかぎりぎり、もう四十代だったのか。

日菜子さんは出会った時から大人で、それは大学を出たばかりの新入社員だった津野が、ハリボテの大人の形に中身をなんとか間に合わせようとしていたフリとは違って、大人の大人だった。今、自分が三十代になったから分かるけれど、三十代の中年になったって、大人も辛いしさみしいし、理不尽に怒ったり八つ当たりしたり、甘えたくなる時だってある。でも、それを他者に、少なくとも職場の同僚の、ましてや一回りも年下には向けない自制心がある。ハリボテではない大人になったからだ。日菜子さんからも、酒の肴にできるレベルの愚痴を聞かせられることはあっても、後々まで引きずるような重荷を背負わされたことはなかった。楽しく飲んで話して、実態はどうあれストレス発散が叶ったことにして帰る。それができていたのに、その日だけは違っていた。

事情は分からないから憶測でしかないけれど、日菜子さんはその日悲しそうで、普段だったら堪えられるレベルのさみしさだったのかもしれないけれど、バランスがよくなくて、多分運もよくなかった。薄暗い店内のテーブルの下で指が触れた瞬間、含みを持った眼差しが、瞳の奥にある津野の熱を引き出してぶちまけて、いっそ冷ましてしまうくらいの引力で注がれた。指は表面が触れ合っていただけで、絡み合ってはいなかった。指の外側に任された乾きを分け合う。人差し指をほんのわずか折り曲げただけで、それまでとこれからが決定的に変わってしまうと分かった。曲げないでほしい、どうか曲げないでいてほしい。瞬きの間すら瞼越しに視線が絡み合って、ひとときも解けなくて苦しかった。どのくらいそうしていただろうか。店員がワインのオーダーを取りに近寄って来たタイミングで、津野の方が体を引いて、指も離れた。

どくどくと、体の内側で血が流れていた。その日の夜は、闇の中でけものに追いかけられる夢を見た。酒に酔ったまま風呂にも入らず寝ていた津野は、目が覚めたあともしばらく続く動悸を胸に手のひらを当てて感じながら、昨夜の緊張が性欲と恐怖のどちらから起こっていたものなのか、もう分からなくなっていた。

歳の差婚だったらしい。緑川さんの旦那さんが亡くなったという訃報を課内で情報共有した時に知った。

緑川さんはパート勤務なので忌引き扱いにはならないのだが、一週間ほど休むことになり、その場にいた人たちは、癌だったらしいよ、でも緑川さんの旦那さんだったらまだお若いんじゃないの、若くても癌になる人はなるからねえ気の毒に、お辛いだろうね、と自席に戻りつつ囁きあった。その時に、パートの豊岡《とよおか》さんが「あのね」と話し出したのだ。

「亡くなった旦那さん、七十前だったんだって。緑川さんより二十何歳か年上で」

えっ、と少なくない悲鳴が――それは確かに悲鳴だったと津野は受け取った――上がり、すぐに不謹慎だと気付いたのか悲鳴ごと息を呑みこむように、不自然な沈黙の一瞬を置き、それでもおずおずと、緑川さんって何歳だっけ、確か四十歳じゃなかったっけ、あれっ、お子さんっているんだっけ、夫婦二人暮らしだって聞いたことあるけど、いつ結婚したんだろ、さあ、うちに勤めだした時にはもう結婚されていたけど、それってい つ、三年は働いてるでしょ、と情報整理が行われた。

そのあと、仕事に復帰した緑川さんから聞きだされた情報が、各ルートを辿って集まってきたところを整理すると、緑川さんが結婚したのは十九歳の時で、旦那さんは緑川さんが当時アルバイトをしていた映画館の社員だったという。享年六十六歳で、緑川さんと結婚した時は四十五歳だった。二十六歳差だ、と津野は数える。

四十五歳の男が十九歳の女の子と結婚するなんて。誰もが口には出さなかったけれど、衝撃を受けていた。それがとうの昔に起こった出来事で、夫の方はもう亡くなってさえいるというのに、津野はそれでも「引いてるな」と自分の心を眺めてしまう。二十六歳という歳の差は天道課長のところとぴったり同じだ、と数えているのも津野だけではないだろう。

ちらりと花村さんの方を見ると、表情をなくした白い顔をしていたので、これは自分以上に引いているんだなと思ったのだけれど違った。花村さんは「後悔していて」と言った。その日の夜、給湯室でのことだ。津野さんちょっといいですか、と休憩に誘われたのだった。

「わたし、緑川さんが歳の差婚だなんて知らなくて、お昼みんなで食べてる時に、ひどいこと言っちゃったんです。二十六も年下の女性に手を出すなんて、天道課長気持ち悪い、そんな人だと思ってなかったって」

どうしようとつぶやき、テーブルに手をついて体重をかける。

「天道課長のことも、緑川さんのことも、どうやって出会ってお相手がどんな方で……とか、なにも知らないのに歳の差が大きいっていうだけで嫌悪感があって、想像力を働かせないで感情に任せてしまったなって。後悔してます」

まるで懺悔するように花村さんが首を折って下を向く。どうしても今日中に誰かに話を聞いて欲しくて、残業していた津野を頼ったらしい。

「仕方ないって。知らなかったんだから。緑川さんはきっとしばらく落ち込むだろうし、大変だと思うから、仕事でサポートして、行けそうだったらランチに連れ出したりしてあげて。それでいつか、先になってもいいから、謝れそうなタイミングがあったら直接、正直にそのままを伝えたらいいんじゃないの」

津野がところどころつっかえながらそう慰めると、花村さんは一瞬強くすがるような目で津野を見たけれど、はい、と短く答え、会釈して給湯室を出て行った。自席に戻るのかと思ったが、廊下の方へ出て行ったのでトイレにでも入り、気を落ち着かせてから戻るつもりなのかもしれない。緑川さんのことだけでなく、恐らくは先日天道課長を気持ち悪いと津野に話したことも、併せて後悔しているのだろうと分かった。

身近に歳の差婚の人がいるなんて、そしてその人たちにどんな過去があってその選択をしたのかなんて、想像しなかった。花村さんの後悔は正しいけれど、でも——と、津野はインスタントコーヒーがしまってある引き出しを開けながら考える。なにを思ってどんなふうに出会って、過ごして、結婚したのか、想像ではなく本人から話を聞いて、……それでも心が引いたままだったら、どうしたらいいのだろう。

数日前、天道課長と久しぶりに飲みに行った。残業のあと、退社時間がたまたま重なり、約束していたわけではないけれど一杯やって帰ろうということになったのだ。いいんですか新婚なのに早く帰らなくて、と声をかけようとしたけれど止めた。久しぶりですねー二人で飲むの！、とわざとらしくはしゃいでも見せた。ほんの一時間半ほどだった。焼き鳥を食べながらビールを三杯飲んだ。今進めている仕事の話をしようとしたけれど、どうしたって結婚生活の話をこちらから尋ねなければ不自然だった。新婚ですね、どうなんですか、幸せですか。
　天道課長は控えめに微笑んで、「おかげさまで順調だよ」と言った。なにがどう順調なのか、待ってみたけれど続きはないようだった。こんなに話が下手な人だったっけ、と天道課長を責めるような気持ちがわいた。この夜のことは、たいしたことじゃないのに、忘れないだろうとも思った。

　クヌギさんと映画をみに行った。映画がみたかったわけではないけれど、付き合う前段階の関係で、食事以外で出かけるとしたら映画が適切だと思ったからだった。話題のミステリー映画をみたあと、石窯で焼いたピザがおいしいと評判のレストランに入った。クヌギさんが俳優の細かい演技ばかり褒めるので、ストーリーはつまらなかったのだろうかと不安になる。犯人役の男も、探偵役の女も、どこかで見たことがあるものの名前は憶えていない俳優だった。クヌギさんはほとんどの俳優の名前をそらで言えるようで、起用されていた俳優が二十代ばかりだったこともあって、津野はこれもジェネレーションギャップに当たるのかもしれないと考えて気が沈んだ。

「このピザ！　すっごくおいしい」

目を丸くして歓声をあげるクヌギさんが、かわいい。この「かわいい」は、彼女が若いから抱く気持ちなんだろうか。

ピザはパリパリの薄い生地にベーコンとシラスがたっぷり載り、アンチョビとバジルソースの塩味が効いていた。端が適度にこげているのもいい。二十三歳の時の自分は石窯で焼いたピザを食べたことがあっただろうか。宅配ピザを食べたことはあったけれど、本格的なピザ屋に入ったことはなかったはずだ。高いと思っていたからだ。ピザだったら、スーパーに四百円で売っている。それを食べていた。クヌギさんが、自分が稼いだ金で奢るピザを表現豊かに喜んでくれる姿がかわいい。この程度の味のピザなんて、三十八歳の今の津野はもう何度も味わったことがある。おいしい、けれど感動はできない。クヌギさんはまだ感動できている。少なくとも、感動している様子を顔や声や身振りに出しても、不自然じゃない。それはやっぱり、若いからだろうか。津野は考える。おれより十五歳も年下の子だ。その子と今日を楽しく過ごすことはできても、五年後、十年後、二十年後と、歳の差がその意味を成さなくなっても、かわいいという気持ちがわいてこなくなっても、二人は一緒にいられるんだろうか。

そんなことを考えていたらワインを飲みすぎた。珍しく足元がおぼつかなくなった津

野を、クヌギさんは愉快そうに見つめて、
「津野さんと一緒にいるの、楽しいですよ」
と子どもに言い聞かせるような声で笑った。

津野が大学生だった時に、同級生が高校生と付き合っていた。同級生は男で、大学三年で、二十一歳で、塾講師のアルバイトをしていて、相手は女の子で、高校二年生で、十七歳で、塾の生徒だった。津野は「女子高生とかまじで羨ましいわー」と言った。それを覚えている。みんな言っていたからだ。周りの男友だちみんな。高校生とか若くね、最高じゃね、だってこれからの人生で女子高生と合法で付き合えるとかないでしょう。半年ほどで同級生と女子高生が別れてしまうまで、何度も繰り返された会話だった。

津野はその時、場のノリだけではなく本心から羨ましいと思っていたし、実際、その同級生が同席していない、当時バイトをしていたコンビニの休憩室で、友だちが女子高生と付き合っててマジで羨ましいんですよね、と話したこともあった。津野はその頃ゼミの同級生と付き合っていた。社会人になって遠距離になりほどなく別れてしまったが、七年後に恩師の退職に合わせて開かれた同窓会で再会した。思い出話をする中で、

「津野くんの友だちで、三年の時に高校生と付き合ってた人がいたよね。わたしあれ、当時からちょっとどうなんだろって思ってたんだけど、ほら、教職課程とってたからそういうのわりと敏感に気にしてて。でさ、今だいぶ大人になって思い返しても、やっぱり気持ち悪いなって」と言われた。津野は驚いたけれど顔には出さないで、喉の奥で息を殺してから、吐いて、「だよな」と応じた。だよな、と思ってはいなかったけれど。だよな？　そうなんだっけな？

同窓会の帰り道、一人になって女子高生と付き合っていた同級生のことを考えた。彼とは大学卒業以来会っていない。もともと一対一の関係がある友だちではなかった。共通の友人がいるから、今はどうやら名古屋の方で働いていて、結婚して子どももいるらしいという噂は耳に入っていた。結婚相手は同世代の人らしいことと、子どもは女の子だということを、津野はなぜだかはっきり記憶していた。

むかしの恋人が彼のことを気持ち悪いと言った時には驚いたのに、それからさらに数年が経って今、自分も確かに気持ち悪いと感じている。当時は羨ましかったことが、羨ましく感じた自分も含めて気持ち悪い。歳を重ねたからだろうか。いつ変化したのだろうか。自分の精神年齢なんて二十代半ばで止まっているような、いっそ十代後半の頃からほとんど変わっていないような気でいたけれど、こうもはっきりと、自分の変化が感じられる一番のことが、他人の恋愛にまつわる気持ち悪さってどういうことなんだろう。

あの気持ち悪さと同じことを、おれはしていないだろうか。おれは気持ち悪くないだろうか。花村さんの顔が浮かぶ。天道課長の顔と、日菜子さんの顔も。津野はごしごし、手のひらで磨くみたいにして顔を擦った。二十代の時とは違う、ねっとりした皮脂が伸ばされて広がる感触がした。

あなたが好き、というのはなんなんだろうか。その人自身を単体で純粋個別的に好くことは、大人になった今でも可能なんだろうか。

クヌギさんといて、二十代前半の若い子と付き合えるなんて人生でラストチャンスかも、と一度も思わなかったわけがない。クヌギさんはすたすた歩く。自分も二十三歳の時はあんなふうに軽やかに歩いていただろうか。今はこの一歩も次の一歩も、いちいち重たい。津野は、手を洗っても洗っても、自分の顔の皮脂が全部落ち切らないように感じる。この脂の残った手で、自分はクヌギさんに触れていいのだろうか。悩んで、考えるふりをする。

廊下をすれ違いざま、戸田に手招きされた。会議かなにかで本社に来ていたらしい。

笑顔で手を振りかけたが、戸田が暗い目をしていたのでこちらも笑顔を引っ込め、黙ってトイレまで付いて行く。戸田は中にほかの誰もいないことを確認してから、

「津野、おまえ、まだ不倫続けてるのか」

と厳しい声で聞いてきた。津野は「またそれか」と半笑いをもらす。何度も何度も、言われてきたことだった。全部違うのに。そんなことではないのに。分かってない知らないやつらだけが、男と女が二人でいるというだけでそんなふうに言ってくる。戸田は口元をゆがめて、

「もう、日菜子さんに誘われても付いて行くの止めろよ。おまえ、よくないって」

と言い切ると、津野の肩に触れ、じゃあまた、と足早に出て行った。

少し時間を置いて津野がトイレから出ると、女性用トイレから出て来た花村さんと鉢合わせした。トイレ前で出会うって気まずいですね、と花村さんが笑った。それからすっと身を寄せて、「緑川さんが退職するそうです」と告げた。平坦な声だった。

「旦那さんを亡くされてからずっと体調が整わなかったそうで」

と説明され、最近どんな様子だったか思い出そうとする。確かに元気はつらつという感じではなかったけれど、元々静かに仕事を進める人で、個人的な会話をする機会もなかったので、津野には変化が分からなかった。花村さんが「退職の記念品を考えて、ま

た集金しますね」と言うので、よろしくお願いします、とつぶやくように返した。

緑川さんは一か月後に退職した。みんなが同情したけれど、あとになってパートの人たちが「死亡保険がけっこう入ったらしいわよ」と話しているのが聞こえてきた。それは多分事実で、当然悪いことでもない。緑川さんはまだ四十歳で、予想される人生はまだ何十年と残されていて、お金は必要で、けれど生活も必要だから、この職場を辞めない方がよかったんじゃないか。でも辞めたかったのかもしれない。天道課長の歳の差婚を気持ち悪いって言う人がいる場所だから。ぼんやりした眼差しをパソコンに向けたまま、津野はそんなことを考えた。


天道課長の異動が発表された。埼玉の営業所に配属とのことだった。年に二回ある定期の配置換え時期で、本社でも全国の営業所でも多くの異動があり、サラリーマンだから数年ごとの異動は当たり前ではあるけれど、天道課長はこのまま定年まで本社勤務だろうと周りから思われていたので、異動というより営業所への出戻りといった様相は、左遷めいて見えた。

異動理由についてあちこちで憶測が飛び交った。いくつもの憶測というわけではない。いろいろな言葉で語られたけれど、結局は、歳の差婚が理由ではないかということを言っていた。

プライベートのことで、法的に悪いことをしたわけでもない、というかむしろめでたいことなのに、それを理由に異動なんてあるわけない、さすがに穿ち過ぎだという意見も聞こえたけれど、実際のところ、だってほかになにがある？　とみんなが思っていた。打合せを終え二人で廊下を歩いている時に、花村さんと津野もその話をした。

「理由はなんだっていいんですけど、天道課長が異動になって、正直ほっとしました」

「花村さんは、やっぱり歳の差婚のことがまだ気になってる？」

「まだっていうか、だって一度してしまったらずっとのことじゃないですか」

花村さんが細い声で笑う。

「天道課長は課長としてすごくよかったし、上司として尊敬していますけど、ふとした時にどうしても、気持ち悪いと思ってしまって。でも普段は忘れて過ごしてるんです。自分が課長を気持ち悪いって思っていること。だから普通に仕事ができるし、雑談もできるし、冗談を言って笑い合うこともできて。で、ふっと気持ち悪くなるのは、天道課長だけじゃなくて自分のことでもあって。ダブルスタンダードさというか、鈍さというか。それから、分からないんです。どうしてこんなに天道課長のことが気持ち悪いのか。性犯罪を犯したわけではない。他人の人生に口出しする資格もわたしにはない。もちろんご本人にはなにも言っていないわけですけど……思う資格も、ないのかあるのかって、そういうことを考えすぎてしまって。しんどかったので、目の前から問題がなくなるのは助かります」

問題が、と言う時に花村さんは少しだけ言い淀んだが、結局はそのまま言い切った。

彼女の話は津野にもよく分かった。いつまでも気持ち悪いと感じ続けている、こちらの方が悪いのではないかと思ってしまう。悪い、があるとしたら天道課長の方だと確信していても、その悪さを、個人の自由だ、大人の自由意志に基づく恋愛だと、反論されてしまえばこちらに対抗する手立てはない。というよりむしろ、対抗したいわけではない。戦って勝ちたいのではない。

歳の差婚以外に理由なんてないとみんなが思っているから、天道課長は異動させられることになったのではないか。人望を失ったのだ、と思い至って津野はぞっと立ち尽くす。周囲がぎょっとするほど年下の人に恋をしたから、尊敬や信頼を失くした。何年も何年も働いて積み重ねてきたものを、たった一つの恋で。仕事の評価ではなく同僚の感情で人事が動いたかもしれないという想像に、自分も含めた多くの人間が納得している状況が実際にある。

廊下の途中で立ち止まった津野を花村さんが不思議そうに振り返った。どうしまし

た、と聞かれるよりも前に、

「おれも、もしかしたら歳の差婚するかもしれなくて。天道課長みたいに二十六歳差とかではないけど、でも十五歳離れてて、まだ二十三歳の子で」

口を衝いて出たのはそんな言葉だった。花村さんが目を見張る。

「でもまだ分からなくて。付き合い始めたばかりっていうか付き合いそうになっているだけみたいな感じで。だからまだ全然、止められるんだけど」

「……じゃ、止めたらどうですか」

花村さんが冷たく言い放った。目を合わせると、声よりも目の方が冷えていた。

「って言われたら止めるんですか？　そんな話されても困ります」

言い残して、立ち去ってしまう。津野は追いかけることもしないまま、おれがクヌギさんとの歳の差婚を選ぶということは、こんなふうな冷たさに遭遇することを受け入れて生きていくってことだ、と考える。けれどそれと同時に、結婚してしまえば日菜子さんと会わなくてもよくなる、妻が嫌がるんですなんて言って断れるようになる、とも思う。甘いだけの夢想に縋り付く。

翌週、出張帰りに天道課長に誘われて二人で飲みに行った。三か月後に子どもが生まれる予定で、一年間育休を取るつもりだという話をされた。育休から復帰したあとのことも考えて、経営マーケティング課の仕事を続けるのは難しいと判断し、自分から営業所への異動希望を出したのだという。役職も営業所長ではなく補佐になるらしい。

「営業所でも迷惑をかけないわけではないけど、各営業所の方が育休取得の前例は多いから。とはいえね、みんなにはなんとなくうまく説明できてなくて。奥さんが妊娠していることも、まだ人事にしか伝えられていないし。今回の異動は多分誰も予想してなかっただろうし、津野くんには引継ぎの面で特に負担をかけてしまって申し訳ないから、事情を伝えておきたくて。だからって別に、許してほしいというわけでもないんだけど。いや許してほしいっていうのも違うかもしれないけど」

天道課長は弱々しく微笑み、ビールを呷《あお》ると、「これからしばらく飲みにも行けないからさみしいな」と、あまりさみしそうには聞こえない調子で言った。

その日聞いたことを、津野は誰にも話さなかった。花村さんにだけ話してみようかとも思って、出張や打合せで二人きりになる機会にどうしようかと頭をよぎったけれど、結局口には出さなかった。課内では相変わらず、天道課長は歳の差婚のために異動させられたという説が有力に流れていた。天道課長の目の前でそんな話をする人は誰もいなかったけれど、憐れんだような空気感は察していただろう。もしかしたら津野に事情を伝えたのは、課内でそれとなく噂が流れることを期待してのことだったのかもしれない。天道課長の異動はこういうことらしいよ。五十歳で育休取るなんて思わなかったよ、男性でというより課長職で育休なんてうちじゃ前例がないだろうから人事もちょっと困っていて、だから自分で申し出たんだよ、と。

新しい課長はどんな感じなのよ、教えてよ。

日菜子さんからそんなふうに誘われて出かけた。スリランカ料理の店だった。入口で強い香りのお香が焚《た》かれていて、外の道まで漂っていた。煙を目で捉えられそうな匂いだった。スリランカビールって初めてです、と津野が喜ぶと、日菜子さんは「よかった」と目を細めて微笑んだ。

前日の夜にクヌギさんと会ったばかりだからか、日菜子さんのふしぶしに年齢を感じた。日菜子さんはあちこちくたびれていて、それは悪口とかじゃなくて実際にそうで、だって人間の身体は老いていくから。津野の身体も同じように老いていっている。皺とかシミとか目に見えるものだけではなくて、隣の席から漂ってくるにおいも、やっぱり昔とは違う。お気に入りの香水は何年も変わらないけれど、その奥から漂う芯のにおいが、くさいのではなく歳を重ねて深まっている。

今日の店もまた日ノ出町で、どうして最近は以前のように桜木町や元町やみなとみらいや、あちこちの店をめぐるんじゃなくて日ノ出町に固定しているんだろうと不思議だったのだけど、日菜子さんに尋ねてみたら「ああ、言ってなかったっけ、ごめん。わたしこの辺りにマンション買ったのよ」と返ってきた。ふいを衝かれて言葉に詰まる。それは夫婦で住むマンションを買ったってことだろうか。全国転勤の旦那さんが今どこで働いているかは知らない。話されない。確か日菜子さんは以前、川崎の方のマンションに住んでいたはずだ。それが賃貸だったのか分譲だったのかは分からないが、もし日ノ出町に買ったというマンションが単身者用だったら、おれは――津野の考えていることが顔に出ていたのか、日菜子さんは「いい部屋よ。家具も小物も、好きなものだけ並べてるの」と満たされた顔で自慢し、話を切り上げた。

若い頃、日菜子さんから向けられる、名前の付かない眼差しが気持ち悪かった。それを今この歳になってようやく認められる気がする。けれど同時に、津野自身も、なんとなくさみしい日に日菜子さんに呼び出されて酒を飲んでいると、体の内側に「やってもいいかも」が生まれていた、と思い返す。恋愛ではなくて性欲だった。でも理性の方が強くて、めんどくさいことになるから絶対、とその欲を外側に出さないようにしていた。今はそれを出さないようにしているのではなくて、内側にもう本当にないから、出てこない。津野は喉を刺すような冷たさで流れ落ちて行くビールの感触を追う。胃の中でぬるく溶けていく。日菜子さんへの欲が失せたのは、日菜子さんが五十歳になったからか。とすると自分も結局、若い女性の方に目を向けるのだ。そんなの男だったら当たり前だろ、と言われそうで、そう言われるものになりたくなくて、気持ち悪くて抵抗してきた意識が、だから全部違うんだって、と顔を強張らせて叫んでいる。ここで流されなければ、はたして本能（と呼ぶことにだって抵抗がある）がそうであれ、他者に向ける言動にそれらを表さなければ、だって、それはそうではないことになるはずだから。

日菜子さんはスパイスたっぷりのカレーを食べている。舌がひりひりするほど辛いけどココナッツの甘さもあって、水を飲むと嘘みたいに甘く感じて、それが好きで辛くても食べちゃう、と笑う。目尻の皺よりも、口元の皺の方に視線が吸い寄せられる。クヌギさんにほうれい線はない。ないけれど、比べてどうするんだろう。日菜子さんに初めて飲みに連れて行かれた時の自分は二十二歳だった。今のクヌギさんよりも若かった。明るくて優しい職場の上司と楽しくお酒を飲んでいただけ。おれは嫌な思いなんて一度もしたことなかった――津野の考えるそれは、少し本当で、少し嘘だった。初めの頃、違和感はあったけれどそれが不快感と結びつくことはなかった。だって触られていないし、なにも言われていなかったから。チェック項目と照らし合わせて、これはセーフだと判断していた。なのに天道課長が歳の差婚をしたから。おれは気持ち悪いと感じてしまったから。気付きたくないのに考えた。おれは若かった。

二十二歳で、二十三歳で、二十四歳だった。日菜子さんは何年経っても、いつまでもおれより十二歳年上の人で、大人で、大人だから分別を持っていて、おれに触れなかったし、なにも言わなかった。だから何度か、瞳の奥から吸い上げるように見つめられたり、指の外側や膝同士が触れたり、帰り道で酔った日菜子さんに肩を貸した時に首筋に鼻が寄ってきたような気がした、そういうの全部、確定で悪いことだって言い切れないはずだ。そう信じてきたけれど。

日本の米より塩からい、黄色がかった細い米を食べた。タイ米ともちょっと違いますね、と日菜子さんと話しながら、津野は、この人に初めて食べさせてもらったものがたくさんあるなと思った。そういうもので、自分ができているのだった。

社内メールで〈新規作成〉を選び、誤送信しないよう宛先のアドレスは空欄のまま、本文を書き始める。恋人ができたんです。結婚を考えています。その人は、とても若い、ぼくより十五歳も年下の人で、心配性なところもあって、ぼくがほかの女性と二人で会ったり、遊んだりすることで、不安になるかもしれないと話していて。だから、もう二人で飲みに行くことはできないんです。

文末に「さようなら」とでも付いていそうな文章だった。お別れの手紙かよ、と恥ずかしくなり〈下書きを削除しますか？〉と表示された問いに躊躇なく〈はい〉をクリックする。社内メールでなにを書いているんだろう。津野は頭を抱え、メールを送るのではなく会って話そうと決める。席を立ち、廊下を進むが、日菜子さんと会うのはもちろん会社の外だ。だって職場で話すようなことではない。職場の人と職場で話せないことってなんなんだろう。歩き出した足は止まらない。どんどん、廊下を進む。突き当たりで止まり、仕方がないのでトイレに入る。換気扇がごおごお鳴っている。

日菜子さんと二人で会えなくなるのはなぜだろうか。花村さんとは、これからも仕事帰りに飲みに行くことくらいあるだろう。配属が変わっても、天道課長とだって会えるだろう。子どもが生まれて忙しくなったって、一生二人で酒を飲みに行けないわけがない。戸田とも当然会える。だってなにもないからだ。自分とその人たちとの間にはなにも間違いがない。日菜子さんとの間にもなにもないはずなのに、同列でないと感じるってことは、なにもなくはないのか。津野は、戸田に投げかけられた「おまえ噂になってるぞ、不倫してるって」という言葉を思い出す。心の内側で響いてうるさい。

それはおれが若かったからか。若い男だったから誘われたのか。今も、歳を重ねても、日菜子さんにとっては若い男であるからか。それだけで、なにもなかったってことにはならないのか。

トイレの鏡に映った自分の顔を見る。平然と澄ましていて腹が立つ。スマホを取り出して、クヌギさんにメッセージを送ろうか迷い、写真フォルダを開いて彼女の写真を眺める。かわいい。かわいくて、好きだなと思う。かわいいのは若いからか。そうかもしれない。好きだと感じるのは、若いからではないけれど、かわいいからかもしれない。だとしたらやっぱり、若いから好きだということになるんだろうか。出会った時から自分たちの間には年齢の差があって、経験の差もあって、それらなしにどうすれば彼女だけを見られるのか、津野には分からない。離れるしかないのだろうか。けれどそれは誰が、誰のために選択するのだろう。

送るべきメッセージが見当たらないまま、画面を見つめていると、新着メッセージの通知が届いた。反射的に開くとそれは天道課長からで、〈無事に生まれました!〉という一言に続いて、写真が表示される。今この世界で一番若い人の、まだ表情らしい表情もつかみ取ることができないしわくちゃの顔。津野とこの人の年齢差は、三十八歳ある。

初出
花束の夜　「群像」二〇二三年一〇月号（講談社）
お返し　「群像」二〇二二年一二月号
新しい恋愛　「群像」二〇二四年二月号
あしたの待ち合わせ　「STORY BOX」二〇二二年一二月号（小学館）
いくつも数える　「群像」二〇二四年五月号

高瀬隼子（たかせ・じゅんこ）
一九八八年愛媛県生まれ。東京都在住。立命館大学文学部卒業。二〇一九年、「犬のかたちをしているもの」で第四三回すばる文学賞を受賞し、デビュー。二〇二二年、「おいしいごはんが食べられますように」で第一六七回芥川賞受賞。二〇二四年、『いい子のあくび』で第七四回芸術選奨文部科学大臣新人賞受賞。著書に『犬のかたちをしているもの』『水たまりで息をする』『いい子のあくび』（集英社）、『おいしいごはんが食べられますように』（講談社）、『うるさいこの音の全部』（文藝春秋）、『め生える』（U－NEXT）がある。

装幀　名久井直子
装画　石川飴子

KODANSHA

新《あたら》しい恋愛《れんあい》

二〇二四年九月一〇日　第一刷発行

著者　高瀬《たかせ》隼子《じゅんこ》

発行者　森田浩章

発行所　株式会社講談社
東京都文京区音羽二―一二―二一
郵便番号　一一二―八〇〇一
電話　出版　〇三―五三九五―三五〇四
販売　〇三―五三九五―五八一七
業務　〇三―五三九五―三六一五

印刷所　TOPPAN株式会社

製本所　株式会社若林製本工場

ISBN978-4-06-536802-2